De Cock en een variant op moord

A. C. Baantjer

De Cock
en een variant op moord

Fontein Paperback

Eerste druk 1984
Veertiende druk 1999

ISBN 90 261 0194 5

Omslagfoto: Ronald Sweering

1

'Heb je hem begraven?'
Archibald Benschop schudde zijn hoofd. Zijn lange smalle gezicht met ingevallen wangen zag bleek. Een pluk piekerig zwart haar hing voor zijn ogen. Toen hij een sigaret opstak, trilden zijn handen.
'Ik... eh, ik kon geen geschikte plek vinden.'
De man die voor hem stond, grijnsde.
'De Kennemerduinen zijn anders groot genoeg.' Met zijn hoofd een beetje schuin monsterde hij de tengere gestalte van de jonge Archibald. 'Of ben je het scheppen verleerd... vroeger nooit in een zandbak gespeeld zeker.'
Archibald negeerde het sarcasme.
'Het ging niet... echt, het ging niet.'
'Wat heb je dan met hem gedaan?'
'Niets.'
De man keek hem met grote ogen ongelovig aan.
'Niets?' herhaalde hij verbaasd.
Archibald duimde wat nonchalant over zijn linkerschouder.
'Hij ligt nog steeds in de kofferbak.'
De man stapte op Archibald toe. Pal voor hem bleef hij staan. Groot, breed en dreigend. 'Halve gek,' siste hij tussen zijn tanden. 'We moeten hem kwijt. Begrijp je dat dan niet? Of draai je liever voor een jaar of tien de bak in?'
Archibald likte aan zijn droge lippen.
'Onzin. Niemand wil de bak in.'
De man boog zich naar voren. Zijn gezicht was dichtbij.
'Breng hem dan weg,' snauwde hij.
Archibald Benschop sloot even zijn beide ogen. Het gelaat voor hem joeg hem angst aan. Het leek alsof de ogen en de wrede mond buiten hun proporties groeiden. Een beeld uit een nachtmerrie.
'Ik... eh, ik kan de klus niet aan,' stamelde hij. 'Niet alleen. Die kerel is me te zwaar. Ik heb tweemaal geprobeerd hem uit de kofferbak te tillen. Het was geen doen. Echt niet.'

De man voor hem keek hem onderzoekend aan.
'Je zei dat je geen geschikte plek kon vinden.' In zijn stem trilde argwaan.
Archibald deed een stap terug, weg van dat gezicht.
'Aan de Zeeweg,' begon hij onzeker, 'niet ver van de bebouwing van Bloemendaal, ben ik aan de rand van de duinen gestopt. Ik had van jongens gehoord dat daar in de buurt wel eens meer een dooie wordt weggewerkt.'
De man fronste zijn wenkbrauwen. 'Heb je over ons karwei gekletst?'
'Nee... natuurlijk niet. Maar je hoort wel eens wat.'
De man knikte traag, niet overtuigd.
'Goed, je stond aan de Zeeweg.'
Archibald slikte.
'Toen ik bezig was die dooie vent uit de kofferbak te tillen, zag ik in de verte het licht van een auto komen. Ik heb die vent toen teruggeduwd, de klep dichtgedaan en gewacht tot de auto voorbij was. Toen zich dat voor de derde keer herhaalde, had ik niet meer de moed om door te gaan.'
'Kwamen er steeds auto's?'
'Ja, ik had nooit gedacht dat het daar 's nachts zo druk was.'
De man schudde vertwijfeld zijn hoofd.
'Ik had nooit met je in zee moeten gaan. Er waren al mensen die mij waarschuwden.' Hij stak zijn kin vooruit.
'Waar staat de wagen?'
'Voor de deur.'
'Heb je de sleutels?'
Archibald tastte naar zijn broekzak.
'Wat ga je doen?'
De man nam de autosleutels aan en grinnikte. Rond zijn mond danste een satanische grijns. 'Aan jou laten zien hoe je een lijk kwijtraakt, en een lastige getuige, voor eeuwig...' Hij eindigde abrupt, draaide zich om en liep naar de deur.
Archibald Benschop had goed naar die laatste woorden van de man moeten luisteren. Dat deed hij niet. Het antwoord gleed onberoerd langs hem heen. Slaafs en met gebogen hoofd sjokte hij achter de man aan.
Het werd zijn dood.

Rechercheur De Cock van het politiebureau aan de Amsterdamse Warmoesstraat, leunde achterover in zijn stoel. Daarna trok hij zijn beide benen op en liet zijn hielen voor zich op het bureau rusten. Uit zijn borst kroop een kreun van voldoening.
Vledder, zijn jonge assistent, zat tegenover hem en keek hem zorgelijk aan. 'Moeie voeten?' vroeg hij.
De oude rechercheur schudde zijn hoofd en glimlachte.
'Nee, gelukkig niet. Je weet, het is een slecht teken. Ik heb alleen moeie voeten als ik word gekweld door het ellendige gevoel dat ik een belangrijk onderzoek zal verprutsen. Je zou het een Freudiaans kwaaltje kunnen noemen.'
'Is het wel eens gebeurd?'
'Wat?'
'Dat je een onderzoek verprutste.'
De Cock antwoordde niet direct. Zijn grof, breed gezicht kreeg een peinzende uitdrukking.
'Weet je,' sprak hij na een poosje, 'iedere rechercheur heeft zo zijn geheimen. Zorgvuldig opgeborgen onder zijn schedeldak. Hij weet voor zichzelf heel goed waar en wanneer hij heeft gefaald. Het is maar goed dat die mislukkingen bijna nooit in de openbaarheid komen, anders kreeg onze speurdersreputatie een geduchte knauw.' Hij zweeg weer even en beet op zijn onderlip.
'Het is als met chirurgen... de foutjes liggen op het kerkhof.'
Plotseling gniffelde hij jongensachtig. 'Weet je overigens waarom een chirurg tijdens zijn werk gummihandschoenen draagt?'
'Voor de hygiëne,' antwoordde Vledder wat onzeker.
De Cock schudde zijn hoofd.
'Opdat hij geen vingerafdrukken achterlaat.'
Dick Vledder lachte hartelijk.
'Ik zou het grapje maar niet verder vertellen. Je mag het vertrouwen in onze medici niet ondermijnen.'
Op de deur van de recherchekamer werd zacht geklopt, bijna niet waarneembaar.
De Cock nam zijn benen van het bureau en zijn assistent riep: 'Binnen'.
De knop bewoog en de deur werd aarzelend opengeduwd.
Verbaasd en met half open mond, staarden de beide rechercheurs naar een wat vreemd uitgedost oud dametje. Ze droeg een zwart vilten dophoed met een voile en een japon uit de charlestontijd.

Ze blikte schuchter rond.
'Mag ik binnenkomen?'
De rechercheurs knikten als een tweeling. Daarna liep De Cock op haar toe, maakte een lichte buiging en geleidde haar naar de stoel naast zijn bureau.
'Gaat u zitten,' sprak hij hoffelijk. 'Waarmee kunnen we u van dienst zijn?'
Ze nam omzichtig plaats, rechtte haar rug en trok met precieze beweginkjes haar voile omhoog. Ze monsterde het gezicht van de man voor haar.
'U bent van de recherche?'
De oude speurder glimlachte beminnelijk.
'Al een mensenleven. Mag ik mij voorstellen? Mijn naam is De Cock... met ceeooceekaa.' Hij wuifde losjes voor zich uit. 'En dat is mijn collega Vledder. Mijn onvolprezen hulp.'
De vrouw keek de jonge rechercheur even schattend aan en wendde zich weer tot De Cock.
'Ik ben Marlies... Marlies van Haesbergen. Ik kan u zeggen... dit was geen makkelijke gang voor mij. Ik heb een tijdlang overwogen wat ik zou doen. Gelooft u mij... ik heb er slapeloze nachten van gehad. Uiteindelijk heb ik het er maar op gewaagd.'
De Cock keek naar haar op.
'Ge-waagd?' herhaalde hij vragend.
Ze knikte heftig. 'Ja, om hiernaartoe te komen. Het was echt niet eenvoudig. Ik was bang dat u mij zou uitlachen.' Ze trok haar scherpe kin iets omhoog. In haar ogen schitterde een mengeling van strijdlust en achterdocht. 'Ik ben vierenzeventig jaar... misschien soms wat excentriek of verstrooid... maar zeker niet dement.' Ze sprak ferm, op een toon alsof ze de rechercheur een standje gaf. 'Ik wil dat u mijn verhaal serieus neemt.'
De Cock lachte verlegen.
'Uiteraard... ik bedoel... waarom zouden wij uw verhaal niet serieus nemen?'
Haar mond, in een krans van lieve rimpeltjes, trilde een beetje. 'Ik weet best hoe er vaak over oude mensen wordt gedacht. Zeker als ze met vreemde en bijna onwaarschijnlijke vaagheden komen.'
'En dat komt u?'
Marlies van Haesbergen staarde voor zich uit. De achterdocht was uit haar blik verdwenen. 'Ik denk nu toch,' sprak ze zacht, 'dat de

heer Vreedenbergh iets verschrikkelijks is overkomen.'
De Cock keek de oude vrouw geboeid aan. Haar groene, soms oplichtende ogen, fascineerden hem. Ze pasten niet bij haar leeftijd. Vertrouwelijk boog hij zich naar haar toe.
'Wie... wie is heer Vreedenbergh?'
'U kent hem niet?'
'Nee.'
Marlies van Haesbergen verschoof iets op haar stoel.
'U zou hem moeten kennen. De heer Vreedenbergh is een belangrijk man. Hij is hoofd van een grote onderneming die overal in de wereld baggerwerkzaamheden verricht.'
'Baggerwerkzaamheden.'
Ze keek hem met haar lichtende ogen aan. 'Daar is Nederland groot in.'
De Cock knikte afwezig. Hij groef in zijn herinnering naar enige kennis van het baggerwezen, maar verder dan een knarsende baggermolen in een Amsterdamse gracht, kwam hij niet.
'Eh... eh, die heer Vreedenbergh zou iets verschrikkelijks zijn overkomen?'
'Ja, dat denk ik.'
De Cock glimlachte beminnelijk.
'Waarom?'
'Omdat hij weg is.'
'Waarheen?'
Marlies van Haesbergen zuchtte omstandig.
'Niet ergens heen... hij is dood.'
De Cock voelde dat hij de oude vrouw voorzichtig moest benaderen en dat hij vooral geen blijk mocht geven van enig ongeduld.
'Hoe weet u dat hij is gestorven?'
'Hoe ik dat weet? Hij zat dood in zijn stoel.'
'Waar?'
Met opgestoken duim zwaaide ze met haar rechterarm.
'In de vergaderzaal van zijn kantoor.'
'Wanneer?'
'Vier dagen geleden.'
De Cock keek de vrouw verrast aan.
'Vier dagen geleden,' riep hij uit.
Marlies van Haesbergen kneep haar beide ogen even dicht.
'Ik zei u toch dat ik met bijna onwaarschijnlijke vaagheden kom.'

Het klonk als een verontschuldiging. 'Ik heb niet voor niets slapeloze nachten gehad.'
De Cock strekte zijn wijsvinger naar haar uit.
'Hoe kwam u in de vergaderzaal?'
Ze maakte een korte hoofdbeweging.
'Ik woon daar. Nou ja, niet in die vergaderzaal natuurlijk, maar ik woon in datzelfde pand... Keizersgracht 1217. Mijn man was daar conciërge. Bijna dertig jaar. Toen hij stierf, hoefde ik niet weg. Ik mocht van de heer Vreedenbergh op de bovenste etage blijven wonen.'
Ze glimlachte. 'Er is nu geen conciërge meer in het gebouw. De heer Vreedenbergh vond het niet meer nodig. Maar ik kan toch niet nalaten om 's nachts, voor ik ga slapen, nog even door de kantoorlokalen te stappen om te zien of alles nog in orde is.'
De Cock knikte begrijpend.
'En op een van die... eh, inspectietochten ontdekte u de heer Vreedenbergh.'
'Ja.'
'Dood in zijn stoel?'
Ze gaf blijk van een lichte aarzeling.
'Dat... eh, dat dacht ik, ja.'
De Cock wreef met zijn duim en wijsvinger in zijn ogen. 'Mag ik zeggen,' vroeg hij vermoeid, 'dat ik u niet begrijp?'
Marlies van Haesbergen knikte hem bemoedigend toe.
'Dat mag u zeggen. Zeker. Ik heb er zelf ook moeite mee. Dat is ook de reden dat ik zo lang heb gewacht om met mijn verhaal bij u te komen.' Ze zweeg even, tastte in haar herinnering. 'Toen ik vier dagen geleden op mijn... eh, inspectietocht, zoals u dat noemde, het licht in de vergaderzaal aandeed, zag ik de heer Vreedenbergh in zijn grote voorzittersstoel zitten. Ik schrok mij wezenloos. Toen ik mij weer een beetje had hersteld, liep ik een paar passen in zijn richting. Hij zat onderuitgezakt, met gesloten ogen. Er was voor mij geen twijfel. Ik dacht direct: die is dood.'
'En toen?'
Ze spreidde haar beide handen.
'Ik dacht... ik moet iets doen... ik moet iemand bellen.'
'Dat heeft u gedaan?'
'Nee.'
De Cock keek haar raadselachtig aan.

'Waarom niet?'
Marlies van Haesbergen slikte.
'Ik... eh, ik pakte de telefoon in de vergaderzaal. Die staat op zo'n tafeltje. Plotseling bedacht ik, dat die telefoon misschien was aangesloten op de centrale en die is 's avonds niet bezet. Ik heb ook telefoon in mijn woning. Die is niet op de centrale van het gebouw aangesloten.'
'U verliet de vergaderzaal?'
Ze knikte vermoeid.
'Toen ging ik naar de lift om boven te bellen. Het is een oude lift en hij gaat maar langzaam omhoog. Onderweg bedacht ik, wie ik zou bellen... een dokter of de politie. Ik besefte tot mijn schrik, dat ik niet eens zeker wist of de heer Vreedenbergh wel dood was. Ik had hem alleen maar van een afstandje bekeken. Ik had niet eens aan hem gevoeld... of hij koud was.'
'Toen bent u teruggegaan?'
Marlies van Haesbergen veegde met trillende vingers langs haar voorhoofd. 'Ja, ik ben teruggegaan. Toen ik uit de lift stapte, meende ik iets te horen. Wat gespannen liep ik door de gang naar de vergaderzaal. Tot mijn verwondering was het licht uit, terwijl ik mij herinnerde, dat ik het had laten branden.' Ze drukte haar beide handen tegen haar ogen. 'Toen ik het licht weer aandeed... was de stoel leeg.'

2

Het duurde geruime tijd voor Marlies van Haesbergen weer een beetje tot zichzelf kwam. De emoties van de herinnering waren op haar gezicht te lezen. De lichte bravoure die ze aanvankelijk had geëtaleerd, was vergleden. Ze toonde nu wat ze vermoedelijk in werkelijkheid was... een zacht, lief, wat verward oud dametje.
De Cock legde geruststellend zijn hand op haar arm en voelde dat ze nog beefde. Zijn gezicht stond ernstig.
'De stoel was leeg?'
Ze slaakte een diepe zucht.
'Ja... leeg. Ik kon mijn ogen niet geloven. Ik dacht... dat kan

niet. Hij moet er zijn. Ik dacht... misschien is hij uit de stoel gegleden, op de vloer. Op mijn knieën ben ik onder de tafel doorgekropen. Maar de heer Vreedenbergh was verdwenen... weg. En dat in die korte tijd dat ik met de lift van beneden naar boven en van boven naar beneden was gegaan.'

'Hoelang zal dat zijn geweest?'

'Een paar minuten.'

De Cock staarde haar secondenlang peinzend aan.

'De... eh, die stoel... stond die er nog net zo als... eh, als voor u met de lift naar boven ging?'

Ze knikte een paar keer.

'Precies zo. Daar was niets aan veranderd. Alleen de heer Vreedenbergh zat er niet meer in.'

De Cock krabde zich achter in zijn nek.

'U vertelde dat u iets meende te horen toen u beneden uit de lift stapte.'

'Ja.'

'Wat was dat voor een geluid?'

'Of er iets klikte.'

'Een slot?'

'Mogelijk. het was niet zo duidelijk. Bovendien is mijn gehoor niet zo scherp meer als toen ik twintig was.'

De Cock negeerde de opmerking.

'De buitendeur was dicht?'

Marlies van Haesbergen knikte opnieuw. Ze had zich duidelijk hersteld. In haar ogen flitste weer iets van haar strijdlust.

'Ik heb het gecontroleerd,' sprak ze ferm. 'De buitendeur was op slot, normaal, zoals altijd. Ik ben ook opnieuw door de kantoorlokalen gelopen. Ik heb zelfs op de toiletten gekeken. Niets.'

De Cock wreef over zijn kin.

'Aan wie heeft u dit verhaal nog meer verteld?'

Ze keek de rechercheur geringschattend aan.

'Aan niemand.'

'Waarom niet?'

In haar groene ogen glansde verbazing over zoveel onbegrip. 'Ik ben toch niet gek.' Ze spreidde haar beide handen. 'Wat moest ik vertellen?'

'Hetzelfde wat u mij vertelde.'

'Aan wie?'

'Aan mensen van het kantoor.'
Marlies van Haesbergen schudde afkeurend haar hoofd.
'De volgende morgen,' sprak ze geduldig, 'ben ik naar de secretaresse van de heer Vreedenbergh gegaan. Ze is een lief, pittig ding. Ze behandelt de heer Vreedenbergh alsof hij haar persoonlijk eigendom is. Ik vroeg haar of ik meneer even mocht spreken in verband met mijn woning op de bovenste etage van het pand. Het was een smoes... een pure smoes. Ik had niets te bespreken. Ik wilde gewoon zekerheid.'
'En?'
'Ze zei, dat het niet kon... de eerste dagen niet.'
'Waarom niet?'
'De heer Vreedenbergh was op zakenreis.'
De Cock kneep zijn ogen half dicht.
'Op zakenreis?'
'Dat zei ze. Als hij terugkwam, dan wilde ze er wel voor zorgen dat de heer Vreedenbergh een paar minuten voor mij vrij had.'
'Hoe hebt u gereageerd?'
De rimpels rond haar mond dansten in een trieste glimlach. 'Ik zei... eh, ik zei, dat ik dan wel zou wachten tot hij terugkwam.'
De Cock grinnikte.
'U had moeten zeggen... de heer Vreedenbergh is dood, dat heb ik zelf gezien... die komt nooit meer terug.'
Marlies van Haesbergen trok haar lippen samen. Haar ogen vonkten. 'Ik weet niet hoe u uw zaken behandelt, rechercheur,' sprak ze fel en bestraffend, maar het leven heeft mij geleerd om voorzichtig te zijn. Ik ben een oude vrouw... weduwe van een conciërge... een vrouw die het nog steeds niet kan laten om 's avonds in het gebouw op inspectie te gaan. Let wel... ongevraagd. Ik heb in die vergaderzalen en kantoren niets te zoeken, rechercheur. Totaal niets. In feite mag ik daar niet eens komen.' Ze zweeg om diep adem te halen. 'En wat moest ik zeggen... er was een dode heer Vreedenbergh en die is weer opgestaan?' Haar stem droop van sarcasme. 'Bovendien waren er momenten dat ik aan mijzelf twijfelde. Had ik wel wat gezien? Verwarde ik mijn herinnering niet met een droombeeld?'
De Cock keek haar vriendelijk aan. Het verweer van de krasse oude vrouw vertederde hem.
'Wat deed u uiteindelijk concluderen,' vroeg hij beminnelijk, 'dat

de heer Vreedenbergh iets verschrikkelijks is overkomen?'
Ze schudde haar hoofd.
'Het is geen conclusie. Ik bedoel... geen conclusie gebaseerd op feiten. Buiten dan mijn eigen waarneming in de vergaderzaal. Het is meer een analyse van de gevoelens die mij daarna beheersten. U mag het ook... eh, intuïtie noemen.'
'Nog één vraag... u hebt nu vier dagen lang gezwegen... waarom spreekt u nu?'
Ze liet haar hoofd met het zwarte dophoedje iets zakken.
'Vanmiddag, tegen einde van kantoortijd, ben ik opnieuw naar de secretaresse gegaan. Ik vroeg haar beleefd of de heer Vreedenbergh al terug was. Ze reageerde nogal kribbig. Ze zei, dat er voorlopig geen kans op was dat ik hem te spreken kreeg.'
'Waarom niet,'
'De heer Vreedenbergh was met vakantie.'
'Wat?'
Marlies van Haesbergen knikte traag.
'Op de Bahama's.'

Toen de oude vrouw was vertrokken, viel er een diepe stilte. Het uitzonderlijke verhaal had een diepe indruk op De Cock gemaakt. De oude rechercheur overdacht welke mogelijkheid hij had om enige klaarheid in de mysterieuze verdwijning van de heer Vreedenbergh te brengen. De zaak, zo overwoog hij, lag uiterst gecompliceerd.
Vledder kwam achter zijn bureau vandaan, pakte een stoel, schoof die bij en ging er achterstevoren op zitten, met zijn armen steunend op de rugleuning.
'Ben je van plan er op in te gaan?'
De Cock trok wat onwillig zijn schouders op.
'Die Marlies van Haesbergen heeft ons in een moeilijk parket gebracht.'
'Hoezo?'
De Cock plukte nadenkend aan het puntje van zijn neus.
'Als je haar verhaal niet serieus neemt en als een waanbeeld achteloos terzijde schuift... en er is wel sprake van een dode en verdwenen heer Vreedenbergh... dan zal men ons dat terecht hoogst kwalijk nemen. Vatten we het onderzoek evenwel krachtig aan... en het blijkt niet meer te zijn dan een hersenspinsel van een

bejaarde, excentrieke vrouw... dan maken we ons belachelijk en krijgen we het verwijt te horen, dat we geen onderscheidingsvermogen bezitten.'
Vledder knikte met een ernstig gezicht.
'Zo te zien verkeren we inderdaad in een weinig benijdenswaardige positie. Vooral ook, omdat die heer Vreedenbergh nogal een belangrijk man schijnt te zijn.'
De Cock stak zijn rechterwijsvinger omhoog.
'Daar komt nog bij, dat het vreemde verhaal van Marlies van Haesbergen weliswaar intrigerend werkt, maar wettelijk gezien nog geen enkele strafbare handeling oplevert, die een basis zou kunnen zijn voor een optreden van onze kant.'
Zijn jonge collega keek hem verwonderd aan.
'Mag je iemand laten verdwijnen?'
De Cock schudde zijn hoofd.
'Natuurlijk mag je niemand laten verdwijnen. Maar naar het woord ver-dwij-nen zul je in ons Wetboek van Strafrecht tevergeefs zoeken. De strafbare handeling zit in het feit hoe het gebeurt en welk doel men nastreeft.' Hij zweeg even en wreef peinzend langs zijn nek. 'Dat is theorie. Concreet gezien zitten we alleen met een tegenstelling tussen een excentrieke oude vrouw en een nijvere secretaresse. Marlies van Haesbergen zegt, dat de heer Vreedenbergh dood is en zijn secretaresse beweert, dat hij met vakantie is op de Bahama's. Dat is alles. En uit die tegenstelling kan ik nog geen misdaad brouwen. Vergeet bovendien niet – als er al sprake is van 'verdwijnen' – dan is het het verdwijnen van een lijk.'
Vledder grinnikte. 'En dat mag je toch hoogst merkwaardig noemen.'
De Cock knikte traag.
'Dat mag,' reageerde hij laconiek. 'Maar merkwaardig of niet, de vraag die onmiddellijk opdoemt: waarom laat men een lijk verdwijnen?'
Vledder zwaaide met zijn beide handen.
'Om een misdaad te verdoezelen,' riep hij geëmotioneerd. 'Waarom anders?'
De Cock keek hem schuins aan.
'Misdaad?' vroeg hij met een zweem van verbazing. 'Welke misdaad? Onze Marlies van Haesbergen zag een dode heer Vreedenbergh onderuitgezakt in een stoel van de vergaderzaal zitten. Met

gesloten ogen... heel rustig en heel vredig. Ik bedoel... er stak geen stiletto in zijn borst, zijn schedel was niet gekliefd en er zat geen kogelgat in zijn hoofd.'

Vledder wuifde afwerend.

'Misschien heeft ze niet goed gekeken.'

De Cock lachte schamper.

'Ja... en daar draait nu alles om: heeft die Marlies van Haesbergen wel goed gekeken.' Het klonk een beetje kribbig.

De Cock kwam langzaam uit zijn stoel overeind en begon door de grote recherchekamer te stappen. Dat deed hij graag. In de cadans van zijn slentergang lieten zijn gedachten zich gemakkelijker ordenen. Misschien, zo overwoog hij voorzichtig, was er in het geheel geen sprake van een misdrijf. Misschien deed de heer Vreedenbergh na een lange vermoeiende werkdag even een slaapje in de armstoel van de vergaderzaal... was hij niet dood... werd hij wakker en wandelde het gebouw uit op het moment dat de weduwe van de conciërge met de lift omhoogging.

Hij grinnikte voor zich uit en wist tegelijkertijd dat het niet waar was. Hij besefte dat hij alleen probeerde dat stellige gevoel in hem te onderdrukken, dat de komst van de oude vrouw aan de Warmoesstraat slechts een begin was... het begin van een duistere zaak, die in de komende dagen al zijn ervaring, wilskracht en intelligentie zou opeisen.

Hij keek op de grote klok in de recherchekamer. Het was bijna tien uur. Hij slenterde nog wat heen en weer en bleef uiteindelijk bij het bureau van Vledder staan.

'Waar heb je dat privé-adres dat Marlies van Haesbergen je heeft gegeven?'

Vledder tastte in het borstzakje van zijn colbert en pakte er een kattebelletje uit. 'Eeuwige Laan,' las hij, 'zevenhonderdtweeënvijftig in Bergen.'

De grijze rechercheur staarde even voor zich uit en sjokte toen naar de kapstok. Hij wurmde zich in zijn oude regenjas en schoof zijn hoedje over zijn stugge haren.

Vledder stond op en liep naar hem toe.

'Waar ga je heen?'

De Cock draaide zich half om.

'Naar Bergen... kijken of hij thuis is.'

Zijn leerling reageerde wat verward.

'En als hij thuis is?'
De Cock grijnsde breed.
'Dan schud ik de hand van de man, die uit de dood is herrezen.'
Vledder keek hem onderzoekend aan.
'Is dat een grap?'
'Nee, bittere ernst.'
'Je bedoelt...'
De Cock onderbrak zijn jonge collega, '...dat ik de overtuiging heb, dat de heer Vreedenbergh niet meer tot het rijk der levenden behoort.'

3

Vledder manoeuvreerde de oude politie-Volkswagen behendig door het drukke stadsverkeer.
Het was zachtjes gaan regenen. Op het Damrak spiegelden de felle lichtreclames speels in het natte asfalt.
De Cock probeerde om niet naar de traag zwiepende ruitewissers te kijken. Hij had de bijna niet te onderdrukken neiging zijn hoofd in de cadans van de wissers te laten mee wiegen. Zijn eigen zwakheid irriteerde hem. Met een nors gezicht liet hij zich onderuit zakken.
Vledder keek hem van terzijde aan.
'Ik begrijp jouw redenering niet goed. Je wilt naar Bergen om te kijken of die Vreedenbergh thuis is, terwijl je even later beweert, dat je er van overtuigd bent dat hij is gestorven.'
De Cock keek schuin omhoog.
'Een overtuiging,' sprak hij belerend, 'is wat anders dan een wetenschap. Met mijn overtuiging alleen, doe ik weinig. Het is een stimulans voor mijzelf. Maar als ik iets wil ondernemen, dan zal ik moeten bewijzen dat de heer Vreedenbergh niet meer leeft.'
'Hoe?'
De Cock grijnsde.
'Door zijn lijk te vinden.'
'In zijn villa in Bergen?'
De Cock plooide zijn lippen tot een tuitje.
'Dat is niet aannemelijk.'

'Wat wil je er dan zoeken?'
De oude rechercheur zuchtte.
'Als iemand vier dagen niet thuis is geweest,' sprak hij geduldig, 'dan vind je daar sporen van: ongeopende post, ongelezen dagbladen, dergelijke dingen. Ik hoop daar in Bergen steun te vinden voor mijn eigen overtuiging.' Hij drukte zich omhoog. 'Het gemakkelijkste zou natuurlijk zijn om rechtstreeks aan de secretaresse te vragen waar de heer Vreedenbergh thans verblijft.'
Vledder knikte nadrukkelijk.
'Ik dacht ook dat je dat zou doen?'
De Cock schudde zijn hoofd.
'Dat lijkt mij niet verstandig. Ik zou dan aan die secretaresse moeten uitleggen waarop mijn belangstelling voor de heer Vreedenbergh berust.'
Vledder reageerde verbaasd.
'Hij is dood.'
'Nee, zegt zijn secretaresse dan liefjes, hij is met vakantie op de Bahama's.'
De jonge rechercheur maakte een handgebaar.
'Dan gaan we naar de Bahama's om te kijken of het waar is.'
De Cock lachte luid.
'Ik denk, dat commissaris Buitendam ter plekke een hartaanval kreeg als ik hem dat voorstelde.' Toen zijn lach was vergleden, trok hij zijn gezicht weer in een ernstige plooi. 'Zo eenvoudig is het niet,' ging hij verder. 'Als ik beweer, dat de heer Vreedenbergh is overleden, dan zal ik daarvoor met bewijzen moeten komen. Met alleen dat verwarde, mysterieuze verhaal van Marlies van Haesbergen heb ik, juridisch gezien, geen been om op te staan. Bovendien vraag ik mij af of ik het wel mag doen.'
'Wat?'
'Het verhaal van de oude vrouw prijsgeven.'
'Waarom niet?'
Het gezicht van De Cock versomberde.
'Als de heer Vreedenbergh inderdaad is overleden en er zijn personen die voor zijn dood verantwoordelijk zijn, dan kon Marlies van Haesbergen als enige getuige wel eens in moeilijkheden komen. Ik denk, dat de oude vrouw... misschien onbewust... de dreiging van dat gevaar heeft gevoeld en daarom eerst na vier dagen naar de politie is gestapt.'

Een tijdje reden ze zwijgend voort.
Nadat ze uit de Coentunnel waren gekomen, begon het heviger te regenen. Vledder zette de ruitewissers op een hogere frequentie en De Cock liet zich weer onderuit zakken. Hij schoof zijn oude hoedje ver naar voren, tot bijna op zijn wenkbrauwen.
Vledder staarde strak door de voorruit op de weg. Hij dacht na. Een dwarse denkrimpel ontsierde zijn voorhoofd.
'Als wij het verhaal van Marlies van Haesbergen niet kunnen prijsgeven,' zo verbrak hij het zwijgen, 'dan is het gewoon dwaas om aan deze zaak te beginnen. Dan is er voor ons onderzoek geen enkele aanleiding. We kunnen veel beter wachten tot iemand ons officieel de vermissing van de heer Vreedenbergh komt melden.'
De Cock schoof zijn hoedje terug.
'Wie moet dat doen? De heer Vreedenbergh is niet getrouwd, heeft geen vaste vriend of vriendin en heeft geen kinderen. Het kon wel eens heel lang duren voor dat het iemand opvalt, dat hij is verdwenen.'
Er viel weer een stilte. Het was aan Vledder duidelijk te zien dat hij nog niet tevreden was.
'Als... eh, als,' hakkelde hij, 'als onze heer Vreedenbergh werkelijk gestorven is... waarvan jij overtuigd bent... en zijn secretaresse zegt dat hij met vakantie op de Bahama's vertoeft... dan moet zij bij zijn dood zijn betrokken.'
De Cock drukte zich weer omhoog.
'Dat kan,' sprak hij geduldig, 'maar het behoeft niet zo te zijn. Iemand kan het haar hebben gezegd... iemand met autoriteit, althans iemand, die zij gelooft.'
Vledder schudde wrevelig zijn hoofd.
'De Cock, ik vind dit een rotzaak.'
De grijze speurder lachte.
'Vledder, voor Bergen moet je hier linksaf.'

De striemende regen had het centrum van Bergen schoongespoeld en de flanerende vakantiegangers verdreven. 'Bello', de oude, legendarische, tot monument verstarde locomotief, anders het middelpunt van veel drukte en lawaai, stond er nu verlaten bij.
De aanblik van 'Bello' deed de grijze speurder denken aan een andere binnenkomst in Bergen, al weer vele jaren geleden, tijdens het onderzoek naar het dramatisch verscheiden van de verpleegster

Georgette de Mirabeau. Gebeurtenissen, die later onder de titel *De Cock en de romance in moord* te boek waren gesteld. Het was, zo herinnerde hij zich, ongeveer dezelfde tijd van het jaar. Hij had het mysterie toen tot klaarheid kunnen brengen.
En nu?
Ze lieten het verlaten centrum links liggen en reden in de richting van Schoorl. De Eeuwige Laan bleek een smalle, kronkelende verkeersweg tussen hoge bomen met vooral aan de rechterzijde fraaie villa's en bungalows, in het groen verscholen.
De officiële nummering van de bouwsels was bijna niet waarneembaar en het was te gevaarlijk om op de smalle weg te parkeren om polshoogte te nemen.
Vledder reed brutaal een oprijlaan in. Hij zag het nummer, 748, keerde en loodste de wagen twee bungalows verder opnieuw het groen in.
Het optrekje van de heer Vreedenbergh bleek een kapitale villa in de stijl zoals die in de jaren dertig werd gebouwd. Statig, deftig, met veel geschilderd hout en ver uitstekende goten. De villa leek verlaten. Er was geen enkel venster waaruit enig licht straalde.
Om de wagen van de weg af aan het gezicht te onttrekken, reed Vledder op verzoek van De Cock tot aan de achterzijde van de villa. Daar stapten de beide rechercheurs uit en liepen over een nat glimmend klinkerstraatje naar de imposante voordeur. Onder een afdakje bleven ze staan.
Vledder keek naar De Cock.
'Bellen we?'
De Cock knikte.
'Dat... eh, dat is zo gebruikelijk als je bij iemand aan de deur komt.'
Vledder aarzelde nog.
'Wat moeten we zeggen als er iemand komt?'
De oude rechercheur trok zijn schouders op. 'Dat weet ik nog niet,' sprak hij achteloos. 'Er schiet mij wel wat te binnen.'
Vledder drukte op een kleine koperen knop in de witgelakte deurstijl en in het inwendige van het gebouw dreunde een zware 'dingdong'. Het geluid verstomde en de seconden vergleden.
Er gebeurde niets.
Vledder drukte voor de tweede maal.
'Het lijkt er op,' sprak hij nerveus, 'dat er niemand thuis is.'

Toen na enkele minuten de deur nog steeds niet werd geopend, liepen de mannen speurend om de villa heen. De tuin was goed onderhouden. De paden waren gastvrij en aan alle zijden bloeiden roze en paarse rododendrons. Ze geurden in de regen.
Terug bij de voordeur tastte De Cock in zijn broekzak naar het apparaatje dat hij eens, lang geleden, van zijn vriend en ex-inbreker Handige Henkie had gekregen, toen die het smalle pad der deugd koos. Het was een koperen houdertje met daarin, uitschuifbaar, een keur van stalen sleutelbaarden.
Vledder keek hem bezorgd aan.
'Gaan we naar binnen?' vroeg hij.
De Cock glimlachte fijntjes. Hij koos met kennersblik de juiste sleutelbaard en in luttele seconden had hij het slot geopend. Zachtjes drukte hij toe. Vrijwel geluidloos schoof de zware deur open.
De beide rechercheurs stapten naar binnen en De Cock deed de deur weer achter zich in het slot.
Even later danste de lichtcirkel van zijn zaklantaarn door de ruime hal en rustte even op een fraaie staande klok tegen een donkere eiken lambrizering. De Cock hield van stijl. Hij klakte zachtjes met zijn tong. 'Chic,' sprak hij bewonderend.
Vledder reageerde niet. Hij voelde zich bedrukt en niet op zijn gemak. In tegenstelling tot De Cock, vond hij het nooit prettig om op een onrechtmatige wijze een woning of gebouw binnen te gaan, maar hij wilde zijn oudere collega niet in de steek laten.
'We krijgen hier nog eens last mee,' fluisterde hij wat angstig.
De Cock wuifde de bedenkingen weg.
'Kijk eens in de brievenbus.'
Vledder draaide zich om en deed wat er van hem werd verlangd.
'Niets,' meldde hij even later. 'Totaal niets.'
Rechts in de hal opende De Cock voorzichtig een deur. Die bleek toegang te geven tot een rechthoekig vertrek, waarin een kolossaal bureau centraal stond. De speurder stapte naderbij en liet het licht van zijn zaklantaarn over het bureaublad glijden. Het zag er zeer ordelijk uit, met pennen strak in het gelid en een onbeschreven agenda op de juiste datum.
De Cock liep om het bureau heen en ging in een draaistoel met armleuningen zitten. Hij trok aan de bureauladen. Ze waren niet op slot. Zijn vingers gleden door de ritselende papieren. Het waren meest tekeningen en zakenbrieven met het briefhoofd van een

baggermaatschappij.
Vledder kwam naast hem staan. Hij schudde afkeurend zijn hoofd. 'Dat kun je als goed politieman niet doen,' sprak hij gedempt. 'Dat is onwettig en in strijd met het goede fatsoen.'
De Cock keek even op.
'Een dooie vent wegwerken,' reageerde hij, 'is ook onwettig en zeer... zeer onfatsoenlijk.' Hij vestigde zijn aandacht weer op het bureau, trok een volgende lade open en bekeek de inhoud. Plotseling werd zijn aandacht getrokken door een dun boekje met een donkerblauw kaft. Hij nam het uit de lade en legde het voor zich op het bureaublad. De zaklantaarn ernaast. Zijn vingers trilden een beetje toen hij het boekje openvouwde.
Vledder boog zich over hem heen. 'Een paspoort,' hijgde hij.
De Cock knikte instemmend.
'Een geldig Nederlands paspoort ten name van... Jean-Paul Vreedenbergh.'
Vledder slikte.
'Dat... eh, dat kan niet,' stotterde hij. 'Men kan toch niet met vakantie naar de Bahama's zonder paspoort?'
De Cock antwoordde niet. Hij bekeek de foto: een wat hoekig gezicht met een brede, forse kin. Een man, zo overwoog hij, met het uiterlijk van iemand die weet wat hij wil. 'Lengte één meter vijfentachtig,' las hij hardop. 'Kleur van de ogen... grijs-groen.' Hij grinnikte smalend voor zich uit. 'Weten we zo ongeveer naar wat voor een lijk we moeten zoeken.'
Vledder hurkte bij het bureau en nam het paspoort op.
Terwijl De Cock hem bijlichtte, bladerde hij achterin.
'De Jean-Paul Vreedenbergh is een ware globetrotter.' In zijn stem trilde bewondering. 'Die man reist wat af. Vooral naar het nabije Oosten... Olielanden... Iran, Irak, Koeweit, Jemen, Saoedi-Arabië... overal is hij geweest.' Hij schoof het paspoort terug. 'Hij is blijkbaar kind aan huis bij de sheiks.'
'Recent.'
'Hoe bedoel je?'
'Wanneer werden die reizen gemaakt?'
'Bijna alle nog in dit jaar.'
De Cock nam het paspoort op en borg het in een binnenzak van zijn colbert. Daarna pakte hij een zakdoek en veegde het bureau en de laden zorgvuldig schoon. 'Een goede inbreker,' grijnsde hij, 'laat

geen vingerafdrukken na.'
Plotseling verstarde hij. Zijn scherp gehoor had buiten enig gerucht gehoord. Hij kwam snel uit de armstoel overeind en liep naar de hal.
Vledder volgde.
De buitendeur werd geopend, een hand tastte naar het lichtknopje. Toen het licht aanfloepte, staarde een net geklede man met ogen vol verbazing naar twee vriendelijk glimlachende mannen, die de fraaie staande klok in de hal flankeerden.
Nog steeds glimlachend deed De Cock een stap naar voren en maakte een lichte buiging.
'Met... eh, met wie heb ik het genoegen?' vroeg hij beminnelijk.
De man slikte zijn verbazing weg.
'Johan... Johan, de butler.'

4

Het duurde lange seconden voordat butler Johan zich zijn situatie volledig bewust was. De expressie van verwarring en verbazing, die zijn knappe gezicht had ontsierd, vergleed. Hij sloot zijn half open mond en trok zijn donkere wenkbrauwen iets samen. Met een blik vol minachting monsterde hij de gestalte voor zich.
'Wie bent u?'
Het klonk hooghartig met een zweem van argwaan.
De Cock hield zijn glimlach vast. De grillige accolades rond zijn mond dansten vrolijk.
'Mijn naam is De Cock... met ceeooceekaa.' Hij duimde over zijn schouder. 'En dat is mijn collega, Vledder. Wij zijn rechercheurs van politie.'
'Rechercheurs?'
De Cock knikte.
'Wij doen dienst aan het politiebureau in de Warmoesstraat te Amsterdam.'
Butler Johan bracht zijn hoofd iets naar achteren en trok zijn gezicht strak. 'Mag ik vragen hoe u hier bent binnen gekomen?' vroeg hij streng.

De oude rechercheur maakte een verontschuldigend gebaartje. 'De deur stond open,' loog hij.
Butler Johan schudde zijn hoofd.
'Dat kan niet,' zei hij beslist. 'Toen ik wegging, heb ik de deur gesloten. Ik ben daar altijd zeer zorgvuldig in.'
'Hij was open,' hield De Cock vol. 'Het verbaasde ons ook.' Hij hield de mimiek op het gelaat van de butler nauwlettend in het oog. 'Het is... eh, dat wij ons zorgen maakten... anders waren wij, ondanks die open deur, niet naar binnen gegaan.'
'U... eh, u maakte zich zorgen?'
De Cock knikte nadrukkelijk.
'De stem van de heer Vreedenbergh klonk bepaald angstig toen hij ons belde en vroeg om naar de Eeuwige Laan in Bergen te komen,' loog hij weer.
Butler Johan trok diepe rimpels in zijn voorhoofd.
'De heer Vreedenbergh vroeg aan u,' herhaalde hij op ongelovige toon, 'om naar de Eeuwige Laan in Bergen te komen?'
De Cock spreidde zijn beide handen met de handpalmen naar voren. 'Hij zei, dat hij moeilijkheden had... of verwachtte... ernstige moeilijkheden, die verband hielden met het kantoor van zijn baggeronderneming aan de Keizersgracht in Amsterdam.'
'Wat voor moeilijkheden?'
De Cock lachte schaapachtig. Hij bracht een domme uitdrukking op zijn gezicht. Het was schijn. Inwendig genoot hij van het spel. 'Dat zou hij ons juist vertellen... hier in Bergen... persoonlijk. Ik heb er wel naar gevraagd, maar via de telefoon wilde hij niet verder op de moeilijkheden ingaan.'
'Wanneer belde de heer Vreedenbergh u?'
De Cock schoof de mouw van zijn colbert iets terug en keek op zijn horloge. 'Ik schat zo een goed uur, anderhalf uur geleden. Wij zijn na het telefoontje onmiddellijk in de wagen gestapt.'
Butler Johan reageerde niet direct. Hij nam de tijd om zijn waardigheid te hervinden. Met trage bewegingen trok hij zijn jas uit en hing die aan de kapstok in de hal. Daarna stapte hij loom op De Cock af. 'Ik vrees,' sprak hij hooghartig, 'dat u beiden het slachtoffer bent geworden van een misplaatste grap. De heer Vreedenbergh kan u niet gebeld hebben voor een afspraak. Hij is niet in Nederland. De heer Vreedenbergh vertoeft al enige dagen op de Bahama's.' Hij zweeg even. 'Ik heb ook niets vernomen over

ernstige moeilijkheden op het kantoor van de onderneming in Amsterdam. Ik neem ook niet aan dat er moeilijkheden zijn. De heren Van der Grauw en Middelkoop hadden mij zeker op de hoogte gebracht.'
De Cock keek vragend.
'Wie zijn de heren Van der Grauw en Middelkoop?'
'Mededirecteuren van de heer Vreedenbergh.'
De oude rechercheur knikte begrijpend.
'Mag ik,' vroeg hij onderdanig, 'mij met een van de heren in verbinding stellen? Ziet u, het telefoontje klonk zo geloofwaardig.'
Het gezicht van de butler kleurde.
'Nee,' sprak hij gedecideerd, 'dat mag u niet. U kunt op mijn gezag gerust aannemen dat er op het kantoor van de onderneming geen moeilijkheden zijn en dat het niet de heer Vreedenbergh was, die belde. De heer Vreedenbergh is voor enkele weken met vakantie naar de Bahama's. Daaraan bestaat niet de geringste twijfel. Ik bracht hem persoonlijk met de wagen naar Schiphol.'
De Cock gleed peinzend met zijn pink over de rug van zijn neus.
'Waren... eh, waren zijn reisdocumenten in orde?'
Butler Johan knikte heftig. 'Uiteraard. Het is nu eenmaal de taak van een butler om toe te zien dat alles in orde is: bagage, reisdocumenten, tickets.'
De Cock keek op. Hij hield zijn blik strak op de butler gericht.
'Tickets,' sprak hij traag. 'Tickets voor de heer Vreedenbergh.' Om zijn mond gleed een grijns. 'Enkele reis... bestemming... hemel of hel... maar niet de Bahama's.'

Ze reden met een matig gangetje van Bergen terug naar Amsterdam. Het regende niet meer. De avondhemel was helder, met fel fonkelende sterren en een bleke, sikkelvormige maan.
De Cock staarde somber voor zich uit. Het zat hem dwars dat hij zich van leugens had moeten bedienen om zijn aanwezigheid in de villa te verklaren. Zijn hand tastte in de binnenzak van zijn colbert naar het paspoort van de heer Vreedenbergh. Het was een troef, zo besefte hij, die hij nooit zou kunnen uitspelen zonder te moeten toegeven dat hij in strijd met zijn bevoegdheden als rechercheur in een bureaulade had gesnuffeld.
'Onze bevoegdheden,' sprak hij plotseling luid, 'blinken uit door beperkingen.'

Vledder keek hem van opzij aan. 'Het wordt tijd, dat jij je die beperkingen eens bewust wordt. Door de komst van die butler zaten we toch aardig in de nesten.'
'Och kom. Hij moet het verhaal van die open deur maar slikken.'
'Vond je het verstandig?'
'Wat?'
'Om aan die hooghartige butler duidelijk te maken dat jij gelooft, dat de heer Vreedenbergh dood is?'
De Cock trok zijn schouders op.
'Ik weet niet wat in deze zaak verstandig is,' antwoordde hij wrevelig. 'Ik heb nog nooit zo iets dwaas meegemaakt. Het is net alsof ik met een blinddoek voor door een donkere kamer loop.'
Vledder lachte.
'Dat is wel erg duister.'
De Cock knikte.
'De narigheid is, dat we vrijwel niets kunnen ondernemen. Het is allemaal zo vaag. Maar van één ding ben ik zeker... die butler liegt.'
'Bewijs dat eens.'
'Inderdaad. Zo is het met deze hele affaire... bewijs eens, dat de heer Vreedenbergh dood is.'
Vledder zuchtte diep.
'Kunnen we ons niet in verbinding stellen met de politie op de Bahama's en vragen of zij een onderzoek voor ons willen instellen?'
De Cock schudde zijn hoofd.
'Je hebt van de butler gehoord dat de heer Vreedenbergh geen adres heeft achtergelaten.'
'Dat is toch vreemd?'
De Cock zwaaide met zijn armen.
'Natuurlijk is dat vreemd,' reageerde hij theatraal. 'Als directeur van zo'n gigantische baggeronderneming zou hij elk moment van de dag bereikbaar moeten zijn. Ook in zijn vakantie.' Hij maakte een berustend gebaartje. 'Maar het kan. Het is heel goed mogelijk, dat een vermoeide directeur op een zeker moment zegt, dat hij niet meer bereikbaar wil zijn.'
'We kunnen de politie op de Bahama's toch een telex sturen met zijn signalement?'
De Cock grinnikte. 'De Bahama's, lieve jongen, bestaan uit meer

dan drieduizend eilanden, klippen en riffen. En dat over een lengte van ongeveer veertienhonderd kilometer.'
Vledder keek zijn oude collega bewonderend aan. 'Goeiendag. Ik heb nooit geweten dat jij zo goed in aardrijkskunde was.'
De Cock schudde zijn hoofd.
'Dat ben ik ook niet,' sprak hij vermoeid. 'Maar ik heb vroeger eens te maken gehad met een vent, die van Amsterdam naar de Bahama's was gevlucht. Toen ik met de politie van de hoofdstad Nassau op New Providence belde om te vragen of ze even naar hem uit wilden kijken, lachte men mij vierkant uit en schetste hoe de situatie was. Ik ben toen beschaamd eens op een wereldkaart gaan kijken.'
'Dat kunnen we dus vergeten.'
De Cock kauwde peinzend op zijn onderlip.
'Als iedereen hardnekkig blijft beweren dat de heer Vreedenbergh op de Bahama's verblijft, dan komen we nooit een stap verder.'
Vledder reageerde kribbig. 'Daar kunnen we toch niet tot in het oneindige mee doorgaan?'
De Cock keek schuin naar hem op. 'Waarom niet? Er komt een dag, dat niemand meer naar de heer Vreedenbergh vraagt.' Hij drukte zich wat omhoog en herkende het silhouet van de oude molen aan de Haarlemmerweg. 'We zijn weer in Mokum.' Het klonk als een opluchting.
Vledder knikte.
'Moet ik je naar huis brengen?'
De oude rechercheur keek op zijn horloge. Het was iets over half één. 'Rijd maar door naar de Kit*,' besliste hij. 'Dan stappen we vandaar nog even naar Lowietje. Na die Eeuwige Laan dorst mijn keel naar een cognackie.'

Lowietje, wegens zijn geringe borstomvang in het wereldje van de penoze steevast Smalle Lowietje genoemd, zwaaide al vele jaren de scepter in het schemerig intieme lokaaltje op de hoek van de Achterburgwal en de Barndesteeg, dat hij vol trots als 'mijn etablissement' betitelde.
De tengere caféhouder begroette De Cock uitbundig. Hij schudde hem hartelijk de hand. Op zijn miezerig muizesmoeltje lag een

* penoze-kreet voor het politiebureau in de Warmoesstraat.

gulle glans van verruking. Smalle Lowietje was bijzonder op de grijze speurder gesteld. Een genegenheid, die door De Cock soms schaamteloos werd uitgebuit.
De Smalle zwaaide joviaal.
'Hoe later op de avond,' kirde hij, 'hoe schoner volk. Ik moet je eerlijk zeggen, De Cock, dat ik je niet meer had verwacht.'
De oude rechercheur glimlachte. Hij koesterde zich in de warme uitbundigheid van Lowietjes begroeting. Hoewel hij deksels goed wist dat de tengere caféhouder in zijn woelige leven vrijwel alles had gedaan wat God in zijn wijsheid had verboden, droeg hij hem geen kwaad hart toe. Integendeel, de Smalle was hem dierbaar.
'Ik was bang,' grapte hij, 'dat ik anders niet in slaap kon komen.'
De caféhouder grijnsde.
'Hetzelfde recept?'
Zonder op antwoord te wachten, dook hij aalglad onder de tapkast en kwam omhoog met een fles verrukkelijke Franse Cognac Napoléon, die hij speciaal voor De Cock gereserveerd hield. Hij zette drie diepbolle glazen op de bar en schonk klokkend in.
'Druk aan de Kit?' informeerde hij.
De Cock trok achteloos zijn schouders op. 'Misdaad kent geen malaise,' sprak hij vlak. Voorzichtig nam hij zijn glas op, warmde het in de kom van zijn hand en nam een slokje. Met gesloten ogen liet hij de cognac door zijn keel glijden.
Smalle Lowietje boog zich vertrouwelijk naar hem toe.
'Als je vanavond niet was gekomen,' sprak hij zacht, 'dan was ik morgen naar de Kit gegaan.'
De Cock lachte.
'Uit eigen beweging?'
'Ja.'
'Waarom?'
'Ik wil met je praten.'
De Cock monsterde het ernstige gezicht van de caféhouder.
'Moeilijkheden?'
'Ik niet.'
'Wie dan wel?'
Smalle Lowietje keek wat schichtig om zich heen.
'Ken je Zwarte Archie?'
'Archibald Benschop... zoon van Dikke Nel.'
Lowie knikte instemmend.

'Precies... die.' Hij streek met zijn hand over zijn kin. 'Ik... eh, ik maak mij een beetje zorgen om die jongen. Hij kwam hier praktisch iedere dag, maar nu heb ik hem al in vier dagen niet gezien. En hij is ook niet thuis geweest. Archie is een aardige jongen, maar niet erg snugger. Ik ben bang dat hij zich in de nesten heeft gewerkt.'
De Cock keek Smalle Lowietje onderzoekend aan.
'Sinds wanneer doe jij aan maatschappelijk werk?'
De tengere caféhouder gebaarde wat onzeker.
'Dikke Nel is nog ergens familie van me. Ze wilde eerst zelf naar de Kit, maar durfde niet goed. Toen vroeg ze aan mij of ik jou even wilde aanklampen.'
De Cock zette zijn glas neer.
'Wat is er dan met die jongen?'
Smalle Lowietje zuchtte omstandig.
'Dat weet ik niet. Ik ben alleen bang. Een dag of vier geleden zat hij hier met een paar jongens een kaartje te leggen... toen vroeg hij plotseling: Waar kan je het beste een dooie begraven? Een van de jongens antwoordde geinig: Op het kerkhof.' Het gezicht van de caféhouder versomberde. 'Zwarte Archie werd toen pisnijdig. Zo... ineens. Hij smeet woest zijn kaarten op tafel en zei: Klootzak... zo een dooie is het niet.'

5

Vanaf het Stationsplein, waar hij uit de tram was gestapt, slenterde De Cock naar het zonovergoten Damrak. De brede entree van Amsterdam zag er prachtig uit. De vlaggen op de steigers van de rondvaartboten wapperden vrolijk tegen een strak blauwe hemel. De schoongestraalde beurs van Berlage glansde in zijn volle pracht. Op de terrasjes, in rieten stoelen, zaten toeristen al aan een vroege pils.
De grijze speurder verkeerde in een puike stemming. Een korte, intensieve nachtrust had zijn geest verkwikt. Met een glimlach om zijn mond luisterde hij naar vreemde taal- en keelklanken, keek naar flanerende luitjes om zich heen, naar mooie jonge vrouwen in

hun weinig verhullende zomerse dracht, en vond dat het leven zoet was.
Misdaad leek ineens ver weg... sluimerend in een verzonken wereldje, waarmee hij niets van doen had.
Bij de Oudebrugsteeg zou hij linksaf moeten slaan om in de Warmoesstraat te komen, maar gedreven door een blij gevoel van vrijheid, liep hij door naar de Dam, ging daar op een bank zitten en keek met een onbekommerd gemoed naar de duiven. Een lange magere man met een grijze verwilderde baard, hurkte bij de vogels neer. Uit zijn beide tot kommetjes gekromde handen, pikten de duiven wild fladderend het voer dat hij voor ze had meegebracht. Het tafereeltje vertederde De Cock en hij bleef er naar kijken.
Plotseling, over de duiven en het hoofd van de man heen, werd de aandacht van de rechercheur getrokken door een oud dametje, dat dwars de Dam overstak. Ze kwam vanuit de richting Nieuwe Kerk en wandelde naar de Kalverstraat. Het was niet zozeer haar houding, die hem opviel, of haar gestalte, maar meer de wijze waarop ze was uitgedost:
Ze droeg een zwart dophoedje met een voile en een strakke japon uit de charlestontijd.
'Marlies,' lispelde hij verbaasd, 'Marlies van Haesbergen.'
Hij stond van de bank op, liep om de man met de duiven heen en begon de vrouw te volgen. Het gebeurde automatisch, zonder dat hij er over nadacht wat hij deed. Het was intuïtie, een onberedeneerd gevoel, dat hij het moest doen.
Ondanks het nog vroege uur was het druk in de Kalverstraat. Maar het kostte hem geen moeite om haar in het oog te houden. Het zwarte dophoedje wipte voor hem uit.
Ineens was hij haar kwijt. Het zwarte hoedje was verdwenen. De Cock schold op zichzelf. Hij wist uit ervaring dat 'het volgen' niet zijn sterkste zijde was. Angstig blikte hij om zich heen en ontdekte haar tot zijn opluchting voor de etalage van een parfumerie. Aan de overzijde bleef hij staan, er voor zorgend, dat zijn beeld niet spiegelend in de etalageruit was te zien.
Nadat ze blijkbaar haar keuze had gemaakt, stapte ze de zaak binnen. Na enkele minuten kwam ze er weer uit met een pakje in een plastic zak. Na nog een blik in de etalage, liep ze verder de Kalverstraat in.
Toen de Munttoren al in zicht was, liep ze rechts de Heilige Weg

op. Ook daar toonde ze een uitgebreide belangstelling voor diverse etalages, zodat De Cock moeite had om uit haar gezichtsveld te blijven. Op het moment dat de grijze speurder het gevoel kreeg dat Marlies van Haesbergen gewoon even uit winkelen was gegaan en dat hij dus voor niets achter haar aan sjokte, zag hij haar op het Koningsplein een reisbureau binnenstappen.
De Cock wachtte geduldig. Het duurde geruime tijd. Eerst na ongeveer twintig minuten kwam ze weer naar buiten en liep terug naar de Heilige Weg.
De oude rechercheur bleef staan. Na enige overwegingen besloot hij haar niet langer te volgen en stapte het reisbureau binnen.
Een knappe vrouw van achter in de dertig, in een hooggesloten blouse, stevende achter de balie op hem af.
'Waarmee kan ik u van dienst zijn?'
De Cock bracht zijn beminnelijkste glimlach.
'Ik wilde u vragen wat die oude dame die zojuist wegging, hier kwam doen.'
De vrouw keek hem enkele seconden verbaasd aan.
'Dat... eh, dat gaat u niets aan.' Het klonk kribbig.
De Cock knikte nadrukkelijk. 'Toch... het gaat mij wel aan,' sprak hij beslist, doch gemoedelijk. 'Ik ben rechercheur van politie, verbonden aan het bureau Warmoesstraat.' Hij tastte in de binnenzak van zijn colbert naar zijn legitimatiebewijs. 'Het is voor ons van het allergrootste belang om te weten wat mevrouw Van Haesbergen hier kwam doen.'
'U kent haar?'
De Cock plooide zijn lippen in een tuitje.
'Ik heb haar wel eens ontmoet,' sprak hij ontwijkend.
De vrouw liep statig van hem weg naar een keurige heer in een fraai grijs flanellen kostuum, die aan een bureau verderop zat. Na wat gefluister kwamen ze samen terug. De heer bekeek het legitimatiebewijs van De Cock nauwkeurig en langdurig. Daarna noteerde hij de naam van de speurder op een blocnote.
De oude rechercheur zag het gelaten aan.
'Let op de 'ceeooceekaa',' gniffelde hij. 'Daar ben ik nogal trots op.'
De keurige heer keek verstoord op.
'Als u die dame, mevrouw Van Haesbergen, kent, waarom vraagt u het haar dan zelf niet?'

'Omdat ik vrees, dat ze mij niet de waarheid zal vertellen.'
De keurige heer zuchtte omstandig.
'Mevrouw,' sprak hij kort, 'boekte bij ons een reis.'
De Cock knikte begrijpend.
'Waarheen?'
'George Town op Great Exuma.'
De rechercheur trok zijn wenkbrauwen op.
'Waar ligt dat?'
De heer in het keurig flanel reageerde volkomen verrast. De onkunde van de oude rechercheur verbaasde hem zichtbaar.
'Op de Bahama's!'

De Cock deed de deur van de grote recherchekamer open en slenterde op zijn gemak naar Vledder, die achter zijn bureau ijverig op een oude schrijfmachine rammelde. 'Weet Smalle Lowietje al wat voor een dooie het was?' vroeg hij.
De jonge rechercheur liet zijn vingers rusten en keek op. 'De Smalle heeft wel gebeld. Een half uurtje geleden. Hij vertelde dat hij zijn best had gedaan, maar dat hij toch niet veel verder was gekomen.' Vledder grinnikte. 'In penozekringen schijnt men toch niet alles te weten.'
De Cock gebaarde achteloos. 'Afwachten. Lowietje heeft nog niet veel tijd gehad om te informeren.' Hij zwiepte zijn oude hoedje naar de kapstok en nam plaats achter zijn bureau. 'Zwarte Archie?'
Vledder schoof de schrijfmachine van zich af.
'Is volgens de Smalle nog steeds niet boven water.' Hij zweeg even en keek De Cock peinzend onderzoekend aan.
'Wat ben je laat vanmorgen?'
De Cock plukte aan het puntje van zijn neus.
'Ik ben achter een vrouw aan gelopen.'
'Jij?'
'Ja.'
'Op jouw leeftijd?'
De Cock deed verrast.
'Wat mankeert er aan mijn leeftijd?' vroeg hij quasi verwonderd.
Vledder maakte een nonchalant gebaartje.
'Een beetje oud om nog op vrijersvoeten te gaan.'
De Cock bromde een verwensing.
'Daar is men nooit te oud voor,' antwoordde hij pinnig. 'Boven-

dien had ik geen amoureuze bedoelingen. Ik zag Marlies van Haesbergen op de Dam en toen ben ik achter haar aan gegaan. Ze heeft vanmorgen een reis geboekt naar de Bahama's.'
Vledder keek hem met grote ogen aan.
'Wat?'
De Cock knikte bedaard.
'George Town op Great Exuma.'
'Hoe weet je dat?'
'Ik zag haar op het Koningsplein een reisbureau binnen gaan. Ik heb gewacht tot ze weer naar buiten kwam en daarna ben ik naar binnen gestapt en heb gevraagd wat onze oude vriendin kwam doen.'
Vledder schudde ongelovig zijn hoofd.
'Wat moet ze op de Bahama's?'

Commissaris Buitendam, de lange, statige politiechef van het bureau Warmoesstraat, wuifde met een slanke hand.
'Ga zitten, De Cock,' sprak hij geaffecteerd.
De oude rechercheur schudde zijn hoofd.
'Ik blijf liever staan,' reageerde hij nukkig. Hij had geen hekel aan de commissaris, maar trachtte toch zo veel mogelijk elk contact met hem te vermijden, bang, dat de politiechef zich autoritair in zijn onderzoeken zou mengen. De Cock had zo zijn eigen mening over opsporingstactiek en -technieken.
Buitendam maakte een berustend gebaartje. 'Zoals je wilt.' Hij zweeg even om indruk te maken, strekte zijn rug en ademde diep: 'Ik vrees, dat je dit keer te ver bent gegaan, De Cock. Onze Officier van Justitie, Mr. Schaaps, die mij zojuist hierover belde, neemt de zaak zeer ernstig op.'
De Cock veinsde verwondering.
'Welke zaak?'
De commissaris schraapte zijn keel.
'Mr. Meturovski, een advocaat van de baggeronderneming Vreedenbergh aan de Keizersgracht, heeft tegen jou en Vledder een klacht ingediend.'
'Wat voor een klacht?'
Commissaris Buitendam bracht zijn beide handen naar voren en drukte de vingertoppen tegen elkaar.
'Huisvredebreuk.'

'Wat?'
De commissaris trok zijn gezicht in een ernstige plooi.
'Sprak ik niet duidelijk?' vroeg hij streng.
De Cock knikte.
'Zeker, maar de klacht wekt mijn verbazing. Ze is volkomen onterecht. Vledder en ik hebben geen huisvredebreuk gepleegd.'
Buitendam raadpleegde zijn aantekeningen.
'In de klacht staat, dat jij en Vledder gisteravond in Bergen aan de Eeuwige Laan wederrechtelijk de villa van de heer Vreedenbergh zijn binnengedrongen. Dit volgens een getuigenis van de heer Johan de Mindere, de butler van de heer Vreedenbergh, die jullie in de hal van de villa aantrof.'
'Dat klopt.'
Op het gezicht van de commissaris verscheen een grijns.
'Dus toch huisvredebreuk.'
De Cock zwaaide afwerend.
'Ik maak bezwaar tegen het woord 'wederrechtelijk' in de klacht. Er is in het geheel geen sprake van enige onrechtmatigheid. De omstandigheden dwongen ons de villa binnen te gaan.'
'Wat voor omstandigheden?'
De Cock maakte een vermoeid gebaartje.
'Gisteravond,' zo loog hij met overtuiging, 'kreeg ik een telefoontje van een man, die zich presenteerde als de heer Vreedenbergh. Hij vertelde dat hij directeur was van een grote baggeronderneming, gevestigd aan de Keizersgracht.' Hij keek even op. 'En dat is binnen ons district.'
De commissaris knikte instemmend.
'De heer Vreedenbergh,' ging De Cock verder, 'zei, dat hij tot de ontdekking was gekomen dat er ernstige moeilijkheden op het kantoor waren en dat hij die moeilijkheden graag met mij wilde bespreken.'
'Wat voor moeilijkheden waren dat?'
De Cock spreidde zijn beide handen.
'Dat weet ik niet. Ik heb het hem uiteraard wel gevraagd. Hij zei alleen, dat ze verband hielden met misdadige activiteiten. Verder wilde hij via de telefoon niet gaan. Ik heb hem toen uitgenodigd om naar de Warmoesstraat te komen.'
'En?'
'De heer Vreedenbergh zei, dat dat voor hem onmogelijk was. Hij

bevond zich thuis in zijn villa aan de Eeuwige Laan in Bergen en de omstandigheden daar waren van dien aard, dat hij zijn villa niet durfde te verlaten. Letterlijk zei hij tegen mij: Ik waag mij liever niet buitenshuis.'

'Hij zei niet waarom?'

De Cock schudde zijn hoofd.

'Nee, dat zei hij niet.' De oude rechercheur zuchtte omstandig. 'Ik... eh, ik geef toe... het was alles wat vaag, maar voor mij toch alarmerend genoeg om met Vledder onmiddellijk naar Bergen te rijden.' Hij zweeg even. 'Toen we met de auto bij de villa kwamen, leek die totaal verlaten. Er brandde nergens licht. Dit, gevoegd bij het feit dat wij de buitendeur open aantroffen, achtten wij zo verdacht, dat wij besloten een onderzoek in te stellen.' Hij glimlachte verontschuldigend. 'We hadden net de deur achter ons dichtgedaan, toen die butler plotseling binnenstapte.'

Commissaris Buitendam keek de oude rechercheur met gefronste wenkbrauwen doordringend aan. Secondenlang. Op zijn bleke wangen verschenen blosjes.

'De Cock,' sprak hij met trillende stem, 'dit verhaal is van A tot Z gelogen.'

De grijze speurder trok gelaten zijn schouders op. 'Mijn oude moeder zei altijd tegen mij: Kind, het geloof kan ik je niet geven.'

De commissaris wond zich zichtbaar op.

'Het interesseert mij geen moer wat ze zei.' Zijn stem sloeg over. 'Ik heb met jouw oude moeder niets te maken.'

De Cock keek hem verwonderd aan.

'Ik wel.'

Commissaris Buitendam slikte. Zijn adamsappel wipte op en neer. Het duurde geruime tijd voor hij zijn zelfbeheersing had hervonden. Hij sloot even zijn ogen.

'Luister, De Cock... de heer Vreedenbergh is met vakantie op de Bahama's. Hij kon jou dus onmogelijk uitnodigen voor een bezoek aan zijn villa in Bergen... om wat dan ook te bespreken. Verder verklaart de butler met klem, dat de toegangsdeur tot de villa door hem deugdelijk was gesloten en de heren Van der Grauw en Middelkoop van de baggeronderneming getuigen, dat er geen sprake is van ernstige moeilijkheden op hun kantoor aan de Keizersgracht... zeker niet van criminele aard.'

De Cock grijnsde breed.

'Wat had ik dan in Bergen te zoeken?'
Commissaris Buitendam reageerde buitengewoon fel. 'Precies... ik had graag dat je mij daarover klaarheid verschaft.'
De Cock stak zijn brede kin naar voren. In zijn grijze ogen blonk strijdlust.
'U verwacht toch niet,' sprak hij uiterst cynisch, 'dat ik vrijwillig medewerking verleen aan een valse aanklacht tegen mij en Vledder?' Hij schudde zijn hoofd. 'Dat kunt u vergeten. Ik ben alleen bereid om volledig opening van zaken te geven als men mij een klacht overlegt, die door de heer Vreedenbergh in persoon is gedaan en door hem is ondertekend. Zegt u dat maar tegen de Officier.'
Commissaris Buitendam stond op. Hij zag rood tot diep in zijn nek en zijn neusvleugels trilden. Bevend strekte hij zijn arm naar de deur.
'Eruit.'
De Cock ging.

6

Vledder keek de grijze speurder met gemengde gevoelens aan. Zijn gezicht stond ernstig. 'Een aanklacht,' herhaalde hij geschrokken. 'Tegen ons... terzake huisvredebreuk?'
'Ja.'
Hij schudde verwijtend zijn hoofd.
'Ik heb het zien aankomen. Ik heb je al zo vaak gewaarschuwd om dat apparaatje van Handige Henkie niet te gebruiken. Ik wist, dat er nog eens een keer een geweldige deining over zou ontstaan.'
De Cock wuifde de kritiek weg.
'Ik heb het apparaatje toch nooit aangewend om persoonlijk voordeel te behalen. Ik heb het alleen dan gebruikt, wanneer ik dacht daarmee de waarheid te dienen.'
Vledder snoof.
'Ik denk niet dat dat een criterium is dat de justitie aanspreekt.'
De Cock trok wat nonchalant zijn schouders op.
'Ik ben niet zo benauwd voor de justitie. Ik heb tegen commissaris

Buitendam gezegd, dat ik op die klacht terzake huisvredebreuk alleen serieus wil ingaan, wanneer die door de heer Vreedenbergh in persoon is gedaan en ondertekend.'
'Kan dat?'
'Hoe bedoel je?'
'Kun je de aanklacht van Mr. Meturovski negeren?'
De Cock knikte vaag.
'Ik dacht het wel... ik dacht wel dat wij bezwaren kunnen laten aantekenen tegen die klacht. Zie je, Mr. Meturovski zal een soort algemene machtiging hebben om in rechtszaken namens de baggeronderneming op te treden. Deze huisvredebreuk – als je het al zo wilt noemen – is echter geen zaak van de baggeronderneming. Bij huisvredebreuk moet namelijk de gebruiker van de woning, in dezen de heer Vreedenbergh, in persoon verklaren dat ons binnendringen in het onderhavige geval wederrechtelijk was... dus tegen zijn wil. Hij kan natuurlijk ook een advocaat machtigen, maar dan alleen inzake dit speciale geval. Met die algemene machtiging van de baggeronderneming behoeven wij geen genoegen te nemen.' Hij glimlachte. 'Je moet mijn actie zien als een tegenzet... een uitdaging aan de tegenpartij om een levende heer Vreedenbergh te presenteren.'
Het gezicht van Vledder stond zorgelijk.
'Hoog spel.'
'Hoezo?'
'Wel, als de heer Vreedenbergh inderdaad gezond en wel op de Bahama's zit en bij zijn terugkomst in persoon een heuse klacht bij de justitie indient... wat dan?'
De Cock lachte onbekommerd.
'Dan houdt het fameuze speurdersduo De Cock en Vledder op te bestaan.' Hij maakte een grimas. 'Tenzij wij samen een particulier detectivebureau oprichten.'
De jonge rechercheur trok een vies gezicht.
'Om bij echtscheidingsprocedures vast te stellen wie met wie naar bed gaat?' In zijn stem klonk een licht sarcasme.
'Zoiets.'
Vledder schudde zijn hoofd.
'De Cock... daar voel ik niets voor. Ik wil gewoon bij de politie blijven.'
De Cock begreep iets van de onrust van zijn jonge collega. Hij

keek hem vriendelijk glimlachend aan. 'Laat men maar bewijzen,' sprak hij geruststellend, 'dat ik *niet* ben opgebeld over ernstige moeilijkheden in het kantoor van de baggeronderneming aan de Keizersgracht... dat de toegangsdeur van de villa in Bergen *niet* openstond, maar door mij werd opengepeuterd.' Er twinkelden lichtjes in zijn ogen. 'Met een dode heer Vreedenbergh wordt dat een moeilijke zaak.'
'En met een levende?'
De Cock schudde zijn hoofd.
'Die is er niet meer. Juist die klacht sterkt mij in de overtuiging, dat de heer Vreedenbergh dood is.'
'Dat begrijp ik niet.'
De Cock spreidde zijn handen.
'Toen ik aan de butler liet doorschemeren, dat ik in een 'dode' heer Vreedenbergh geloofde, zijn de luitjes die hem als 'levend' willen voorstellen, een beetje benauwd geworden en zochten naar een middel om ons voor een verder onderzoek uit te schakelen.'
'En dat was een formele klacht terzake huisvredebreuk. Met daaraan gekoppeld de mogelijkheid, dat de korpsleiding ons beiden, hangende het onderzoek, zou schorsen.'
De Cock keek Vledder bewonderend aan.
'Dick,' riep hij enthousiast, 'je wordt steeds beter. Nog een paar jaar en ik kan met pensioen.'
Met een zoete grijns om zijn lippen stond De Cock van zijn stoel op en slenterde op zijn gemak naar de kapstok. Zijn assistent liep hem na. 'Waar ga je heen?'
De Cock draaide zich half om.
'Naar Dikke Nel Benschop... misschien weet ze binnen in haar hart toch wel waarom Zwarte Archie zo lang onder water blijft.'

Ze wuifden in het voorbijgaan naar de wachtcommandant achter de balie en liepen het bureau uit. Van de Warmoesstraat wandelden ze naar de Lange Niezel. Zo rond het middaguur bood de smalle verbindingsstraat een geheel andere aanblik dan gedurende de avond en de nacht, wanneer de Walletjes in vol bedrijf waren. Het was er nu opvallend stil. De eigenaar van de sex-shop lapte de ramen van zijn etalage en een knecht op klompen en in een witte, met bloed bevlekte jas schrobde het straatje voor de slagerij schoon.

Vledder keek zijn leermeester van terzijde aan.
'Ben je echt van plan om wat aan de verdwijning van die Archibald Benschop te doen?' vroeg hij met een zweem van achterdocht.
De Cock groette in het voorbijgaan een jong business-vrouwtje. 'Het was een verzoek van Smalle Lowietje. En aan hem ben ik wel wat verplicht.'
Vledder grinnikte ongelovig.
'Wil je dat er bij doen? Ik bedoel; de affaire rond de heer Vreedenbergh geeft ons al zorgen genoeg.'
Bij café Emmelot, op de hoek van de Voorburgwal, bleef De Cock staan, zijn benen iets uit elkaar. Hij schoof zijn oude hoedje iets naar achteren. 'Weet jij al wat voor een dooie het was?'
Vledder reageerde wat narrig.
'Dat heb je vanmorgen al gevraagd.'
De Cock knikte gelaten. 'Ik vraag het je weer... wat voor een dooie wilde Zwarte Archie begraven?'
Vledder staarde hem enige ogenblikken peinzend aan. Plotseling verhelderde zijn blik. Zijn mond zakte iets open.
'Jij bedoelt... jij bedoelt; het kon best de heer Vreedenbergh zijn geweest.' De gedachte wond de jonge rechercheur zichtbaar op. 'Waarachtig... dat is niet eens onmogelijk.'
De Cock schoof zijn hoedje terug en sjokte verder in de richting van het Oudekerksplein. Daar nam hij de brug naar de Oudekennissteeg. Het was voor hem vertrouwd gebied. Hij kende er elke stoep, elk raam en elk hoertje dat er achter zat. Vanuit de Oudekennissteeg slenterde hij de Molensteeg in.
Vledder liep met gebogen hoofd naast hem. Hij was in gepeins verzonken. Achter de horizon van zijn denken openden zich nieuwe perspectieven. 'Als we die Archibald Benschop aan het praten kunnen krijgen,' overdacht hij hardop.
De Cock reageerde niet.
In de Molensteeg, een paar huizen voor de Zeedijk, bleef hij staan. Langs een verveloze deur gleed zijn blik omhoog naar een spionnetje van een raam op de eerste etage. Toen hij enige beweging zag, drukte hij de deur open en hees zijn negentig kilo steunend langs een krakende trap omhoog.
Vledder volgde met lichtere tred.
Aan het eind van de trap, op een smal portaaltje, rustte De Cock even uit. Toen zijn ademhaling weer op peil was, klopte hij en

stapte meteen naar binnen.
Aan een tafel, met haar gezicht boven een dampende emaille schaal, zat een gezette vrouw. Ze nam een geruite theedoek van haar hoofd en keek op.
'De Cock,' riep ze verrast.
Met de theedoek veegde ze het zweet uit haar purperrood gezicht en schoof de dampende schaal naar het midden van de tafel.
De oude rechercheur bekeek haar glimlachend.
'Wat ben je aan het doen, Nel?'
De vrouw wees naar de schaal.
'Kamille,' verduidelijkte ze. Met een vette middelvinger tikte ze op haar voorhoofd. 'Het zit hier van boven helemaal vast. Een koutje, denk ik.'
'Moet je ook niet tot midden in de nacht aan een tochtige deur blijven staan.'
Het gezicht van Dikke Nel verhardde.
'Weet je voor mij iets beters?'
De Cock liet het onderwerp rusten.
'Heb je al wat van Archie gehoord?' vroeg hij bezorgd.
Ze schudde haar hoofd. Haar gezicht kreeg weer een normaal aanzien. Het purper trok er uit weg.
'Mijn jongen,' sprak ze droevig, 'is nu met elkaar al vijf dagen zoek. Ik dacht eerst dat jullie hem ergens voor hadden opgepakt. Daarom vroeg ik aan Smalle Lowietje om dat eens aan u te vragen.'
'Je had toch ook zelf kunnen komen?'
'Ik kom niet graag aan de Kit.'
De Cock schudde zuchtend zijn hoofd. 'Jouw Archie zit nergens vast. Dat heb ik laten natrekken. En hij ligt ook niet in een of ander ziekenhuis.' Hij pauzeerde even. 'Heeft Archie misschien een nieuw niese* aan de hand?'
Ze leunde iets achterover en knoopte haar blouse dicht.
'Nieses genoeg,' sprak ze achteloos. 'Maar niet een die hem er van weerhoudt om elke dag even bij zijn moeder langs te komen.'
'Had hij een... eh, een karweitje op het oog?'
'Niet dat ik weet.'
De Cock keek haar onderzoekend aan.

* Bargoens voor vrouw, vriendin

'Een nieuwe gabber?'
Dikke Nel antwoordde niet direct. Ze staarde peinzend voor zich uit. 'Archie,' begon ze toen voorzichtig, 'Archie heeft nooit een vader gehad. Zo'n twintig jaar geleden leerde ik een Engelsman kennen. Een knappe zwarte gozer met veel poen. Hij zei, dat hij in Engeland betrokken was geweest bij die beruchte treinroof en daarom was gevlucht. Enfin, je kent dat. Hij zou me uit de business halen... met me trouwen. Maar toen ik van Archie in verwachting raakte, verdween hij met de nachtschuit en ik heb hem nooit meer teruggezien.' Ze zweeg even. Haar rechterhand reikte naar een aangebroken pakje sigaretten voor haar op tafel. 'Archie is de laatste weken gewoon bezeten van een oude man. Nou ja... oud... voor Archie dan. Ik denk toch zeker, dat hij een jaar of vijfenveertig is. Ik weet bij God niet wat Archie in die vent ziet. Ik kan het niet peilen. Een soort vaderfiguur, denk ik.'
'Hoe heet die vent?'
Dikke Nel spreidde haar mollige handjes.
'Dat weet ik niet.'
De Cock grinnikte ongelovig.
'Archie zal met jou toch wel eens een keer over hem hebben gesproken?'
Dikke Nel knikte vaag. 'Archie noemde hem Buck Jones. Maar zo heet hij natuurlijk niet. Dat zal wel een bijnaam van hem zijn. Ik heb Archie wel eens gepolst... hem proberen uit te vragen, maar hij liet nooit veel los. Het leek wel of die vent hem op een of andere manier in zijn macht had. Archie is anders nooit zo gesloten.'
'Is hij wel eens bij jou thuis geweest?'
Dikke Nel schudde haar hoofd.
'Ik heb wel eens tegen Archie gezegd, neem hem eens mee. Maar daar wilde Archie niets van weten.'
'Heb je hem wel eens gezien?'
Ze stak een sigaret op, inhaleerde diep en doofde de sigaret onmiddellijk daarna weer in de asbak. 'Eén keer,' sprak ze rook uitblazend. 'Vluchtig en van vrij grote afstand. Hij stond op de Zeedijk te wachten, terwijl Archie even bij mij op visite was.' Ze staarde voor zich uit. 'En weet je wat zo gek was?'
'Nou?'
'Op een of andere manier kwam hij mij bekend voor.'
'Hoe?'

Dikke Nel gebaarde wat wrevelig.
'Dat weet ik niet precies. Iemand, die ik wel eens heb ontmoet... vroeger. Misschien wel een klant.'
'Een signalement?'
Dikke Nel schonk hem een trieste glimlach.
'Ik zei je toch; ik heb hem maar heel even vluchtig gezien. Ik zou me hem niet eens meer voor de geest kunnen halen.'
De Cock zuchtte diep. 'Maar je weet toch wel iets van hem?' vroeg hij met een ondertoon van wanhoop. 'Waar hij woont... waar hij wel eens met Archie kwam... andere gabbers?'
Ze blikte naar hem op.
'Hij heeft een tatoeage op zijn linkerarm.'
'Hoe weet je dat?'
'Op een dag liet Archie mij zijn linkerarm zien. Daar had hij zo in de lengte een zwaard op laten tatoeëren. In blauw en rood. Wel vijftien centimeter lang. Een soort ridderzwaard met een handvat eindigend in een knop. Ik houd niet van tatoeages. Ik vind ze lelijk. Daarom vroeg ik Archie waarom hij dat had laten doen. Toen zei hij: Buck heeft daar ook zo'n zwaard.'
De Cock knikte. 'Die... eh, die Buck, zou die iets met de verdwijning van Archie te maken kunnen hebben?'
Dikke Nel maakte een hulpeloos gebaartje. Haar onderlip begon te trillen. 'Dat weet ik niet,' zei ze beverig. Plotseling vatte ze de hand van de oude rechercheur. 'Meneer De Cock, ik ben zo bang... ik ben zo bang dat er iets met Archie is gebeurd.' Ze draaide zich half om en wees naar haar telefoontoestel op het dressoir. 'Gisterenavond belde iemand mij op... een man... en die vroeg of ik voor Archie een begrafenispolis had. Ik zei: Ja, die heb ik al vanaf zijn geboorte.' Ze zweeg even. Haar ogen werden vochtig en toen rolden er tranen over haar wangen. 'Toen zei die man...' Ze maakte haar zin niet af, ze huilde erbarmelijk.
De Cock boog zich troostend over haar heen.
'Wat zei die man?'
Dikke Nel keek met een betraand gezicht naar hem op.
'Die polis... die polis kun je verscheuren.'

7

De beide rechercheurs liepen de smalle Molensteeg uit en gingen links de Zeedijk op. Rond de mond van de jonge Vledder lag een verbeten trek. 'Wat een ploertenstreek,' riep hij hartgrondig, 'om een ongeruste moeder op die manier te bellen.' Hij blikte opzij. 'Welke schoft zou dat geflikt hebben?'
De Cock trok zijn schouders op.
'Dat is moeilijk te zeggen.'
'Zou het een grap zijn... een grap van iemand die weet dat Archie al een paar dagen zoek is?'
De Cock schudde traag zijn hoofd.
'Ik ben bang van niet,' sprak hij triest. 'Dat telefoontje over die begrafenispolis zie ik niet als een grap, maar als een bedenksel van een cynische geest om het Dikke Nel duidelijk te maken, dat haar zoon niet meer leeft.'
Vledder keek hem geschrokken aan.
'Dan ga je er van uit, dat de vent die belde, dat weet.'
De Cock knikte nadrukkelijk. 'Duidelijk. Het is alleen de vraag hoe hij dat weet. Ik bedoel, heeft hij het van iemand gehoord of...'
'... is hij zelf voor Archie's dood verantwoordelijk,' vulde Vledder aan.
'Precies. En hoewel het nergens op steunt, heb ik het akelige gevoel, dat die nieuwe gabber van Archie, van wie hij volgens Dikke Nel zo bezeten was, er iets mee te maken heeft.'
'De oude man, zoals ze hem noemde.'
De Cock knikte.
'Hij zou een dergelijk telefoontje zonder gevaar kunnen plegen. Dikke Nel heeft nooit met hem gesproken en kent zijn stem dus niet.' Hij zweeg nadenkend. 'Ik vind die oude gabber van Archie toch een sinistere figuur op de achtergrond.'
Vledder zwaaide geëmotioneerd. 'Die vent moet toch op te sporen zijn?'
'De man is erg voorzichtig met zijn identiteit. Uit het verhaal van Dikke Nel blijkt duidelijk dat hij uiterst zorgvuldig opereert.'
'Waarom zou hij juist met Archie hebben aangepapt... een jongen, van wie Smalle Lowietje zegt dat hij niet zo bar snugger is?'
De Cock maakte een grimas.

'Omdat hij hem ergens voor nodig had... denk ik. Misschien ook omdat Archie buitengewoon gewillig was... onderdanig. Een jongen die gehoorzaam bevelen uitvoerde.'
'Zoals het begraven van een dooie.'
De Cock blikte opzij, de opmerking verraste hem. 'Bijvoorbeeld,' sprak hij instemmend. 'De vraag, die daarbij opdoemt: als Archibald Benschop inderdaad niet meer leeft... waarom stierf hij?'
Ze slenterden een tijdje zwijgend voort. Zoekend naar een antwoord. Vanaf de Zeedijk stapten ze de Korte Stormsteeg in. Op de brug voor de Korte Niezel stevende een fors gebouwde man op De Cock af. De grijze speurder bleef glimlachend staan. 'Onze Mooie Karel,' riep hij opgewekt. 'Ik heb je een tijdje gemist.'
De man grijnsde breed. 'Dat klopt. Ik logeerde een paar maanden op staatskosten. De recherche van Den Haag pikte me op na een kraak in een villa.'
De Cock veinsde ongeloof.
'Ik dacht dat 'kraken' niet langer strafbaar was?'
Mooie Karel reageerde niet. Hij duimde over zijn rug. 'Ik kom net van de Kit. Ik vroeg naar jou. Ze zeiden, dat je er niet was.'
'Had je me nodig?'
'Ik sprak Smalle Lowietje en die zei dat ik even met je moest gaan praten.'
'Waarover?'
'Archie... Zwarte Archie. De Smalle zei dat die jongen al een paar dagen zoek was en dat jij dat in behandeling had genomen.'
De Cock knikte.
'Wat kan jij mij over Archie vertellen?'
Mooie Karel trok achteloos zijn schouders op.
'Niet veel. Maar Lowietje dacht dat het misschien toch wel belangrijk was. Zie je, een paar dagen geleden kwam ik hem 's avonds op de Achterburgwal tegen. Die jongen kent mij vrij goed. Ik heb een jaar of wat met die Dikke Nel, zijn moeder, gescharreld. Vandaar, begrijp je, die jongen vertrouwt me.'
'En?'
Mooie Karel krabde zich verlegen achter in zijn nek.
'Archie deed een beetje vreemd. Nerveus. Kluifde voortdurend aan zijn vingers. Plotseling vroeg hij aan mij of ik wel eens een dooie had begraven. Ik zei, nee. En dat is waar. Ik heb dat ook nog nooit gedaan. Toen vroeg die jongen: Waar, denk je, zou je dat het beste

kunnen doen?'
De Cock keek hem onderzoekend aan.
'Heb je hem een advies gegeven?'
Mooie Karel maakte een verontschuldigend gebaartje. 'In de Kennemerduinen, zei ik.'
De Cock fronste zijn wenkbrauwen.
'Waarom de Kennemerduinen?'
Mooie Karel draaide zijn hoofd iets weg.
'Ik... eh,' sprak hij weifelend, 'ik had wel eens van jongens gehoord, dat je daar vrij gemakkelijk een lijk wegmoffelt... onder het zand.'
'Leek... eh, leek het Archie wat?'
Mooie Karel schoof zijn onderlip naar voren.
'Ik dacht het wel. Hij vroeg mij hoe hij er het beste met een wagen kon komen. Ik zei: Neem vanaf Bloemendaal de Zeeweg naar het strand... dan kom je aardig wat zand en struiken tegen.' Hij keek op. 'Ik weet dat. Mijn ouders hebben daar vroeger in de buurt een zomerhuisje gehad.'
De Cock schudde afkeurend zijn hoofd.
'Heb je die jongen niet gevraagd waarom hij zo nodig een dooie moest begraven?'
'Nee.'
'En je hebt ook niet gevraagd wat voor een dooie het was?'
Mooie Karel deed geprikkeld. 'Waarom zou ik?' zei hij buitengewoon fel. 'Ik wilde het gewoon niet weten.'
'Waarom niet?'
Mooie Karel zuchtte diep. 'Die jongen zat duidelijk in de nesten,' sprak hij geduldig. 'En mijn hart was goed genoeg om hem te helpen. Maar ik ben zelf net uit de bajes. Voorzichtig, snap je? Ik had geen zin om onmiddellijk weer bij een of ander vies zaakje betrokken te worden. Bovendien heb ik het niet zo erg op een dooie staan. Daarom zei ik: Archie, jongen, was je eigen billen.'
'Vroeg Archie om hulp?'
'Nee, dat vroeg hij niet... niet rechtstreeks. Hij zei alleen: Het is belangrijk dat ze hem nooit vinden.'
De Cock keek naar hem op.
'Zei hij 'hem'?'
'Ja.'
'Het was dus een man... die dooie?'

Mooie Karel spreidde zijn handen in wanhoop.
'De Cock,' verzuchtte hij, 'ik heb er niets mee te maken. Geloof me. Dat babbeltje dat ik met Archie op de gracht maakte, heeft maar een paar minuten geduurd. Ik heb er snel een eind aan gemaakt. Ik wilde niet langer met hem praten. Ik voelde, dat hij mij anders dingen zou vertellen die ik niet wilde weten.' Hij keek De Cock bijna smekend aan. 'Is dat zo moeilijk te begrijpen?'
De harde uitdrukking op het gezicht van de oude rechercheur vergleed en werd milder. Hij legde vertrouwelijk zijn hand op de schouder van de man. 'Ga weer eens naar Dikke Nel,' sprak hij zacht, maar dwingend. 'Ze kan een vriend nu best gebruiken.'

De rechercheurs stapten het oude politiebureau aan de Warmoesstraat binnen. Meindert Post, de lange, stoere, op Urk geboren wachtcommandant, brulde vanachter de balie:
'De Cock!'
Zijn zware bulderstem, erfgoed van vele generaties vissers, die elkaar boven het stormgeloei uit berichten toeriepen, dreunde door de ruime hal en echode tegen de kale witgekalkte muren.
De Cock schoof zijn vilten hoedje wat naar achteren en slofte op zijn gemak naderbij. Hoewel hij de lange Urker al langer dan een kwart eeuw kende, verbaasde hij zich nog steeds over het enorme volume dat hij moeiteloos produceerde. Met zijn buik hangend over de balie, boog hij zich met een grijns naar hem toe. 'Meindert,' vroeg hij liefjes, 'riep jij mij?'
De wachtcommandant zwaaide heftig met beide armen. 'Jij bent ook altijd weg,' bromde hij verwijtend.
De Cock hield de grijns op zijn gezicht.
'De vis wordt op zee gevangen.'
'Mooie Karel was hier voor je.'
De Cock kwam van de balie overeind.
'Die heb ik gesproken.'
'En dan zit er boven een dame op je te wachten.'
De Cock trok zijn wenkbrauwen op.
'Wat voor een dame?'
Meindert Post stak zijn rechterhand omhoog en drukte de toppen van zijn duim en wijsvinger tegen elkaar. 'Piekfijn... deftig... heel sjiek.'
De Cock schudde misprijzend zijn hoofd. 'Die heb ik niet onder

mijn kennissen,' reageerde hij spottend.
'Toch vroeg ze naar jou en toen ik zei dat je er niet was, wilde ze per se op je blijven wachten.'
Schouderophalend slenterde De Cock van de balie weg en liep de trap op.
Vledder volgde hem.
In de gang, op de brede bank bij de deur naar de grote recherchekamer, zat een vrouw. De Cock schatte haar op rond de veertig. Ze droeg een fraai gesneden wijnrood mantelpakje van fijne alcantara. Een wit, ragdun sjaaltje in haar hals accentueerde haar olijfkleurige huid. Ze had grote, donkere, amandelvormige ogen. Ze glansden in een ovaal gezicht. Het diepzwarte haar was strak naar achteren gekamd en eindigde in een wrong, kunstig bijeengehouden door sierlijke haarpennen.
De oude rechercheur bezag haar met welgevallen. Meindert Post, zo vond hij, had gelijk. De vrouw had een opmerkelijke uitstraling.
Hij liep op haar toe en boog vormelijk.
'U wacht op mij?'
Ze keek naar hem op.
'Bent u rechercheur De Cock?'
De grijze speurder knikte.
'Met ceeooceekaa,' sprak hij vrijwel automatisch.
Ze lachte wat terughoudend. Haar felrode lippen weken iets uiteen.
'Men voorspelde mij, dat u zo zou reageren.'
'Wie is *men*?'
Ze wuifde wat vaag in de ruimte.
'Vrienden,' sprak ze ontwijkend. 'Vrienden, die mij aanraadden om u te benaderen.'
De Cock drong niet verder aan. Hij deed de deur van de recherchekamer open en begeleidde haar naar de stoel naast zijn bureau.
'Gaat u zitten.'
Ze nam omzichtig plaats, sloeg haar slanke benen over elkaar en trok haar rokje iets dichter naar haar knieën.
'Ik ben Xaveria... Xaveria van Breevoorde. Ik ben al enige jaren bevriend met Jean-Paul Vreedenbergh.'
'Met wie?' vroeg De Cock verrast.
Ze keek hem verwonderd aan.
'Jean-Paul Vreedenbergh,' herhaalde ze. 'Kent u hem?'
De Cock schudde weifelend zijn hoofd.

'Nee... nee... ik bedoel... ik heb hem nog nooit ontmoet. Ik heb alleen zijn naam wel eens horen noemen in verband met een onderneming die baggerwerkzaamheden verricht.'
Xaveria van Breevoorde knikte instemmend.
'Ja, dat is Jean-Paul. Hij is directeur van die onderneming. Jean-Paul en ik hebben een... eh, een zogenaamde LAT-verhouding. We wonen ieder op onszelf. Alleen de weekenden brengen we gezamenlijk door. Nooit in Bergen, waar Jean-Paul een fraaie villa heeft. Dat wil hij niet. Hij komt altijd naar Amersfoort. Daar heb ik een flat. Jean-Paul wil aan onze verhouding zo weinig mogelijk ruchtbaarheid geven. Hij wil niet dat wij samen in het openbaar gezien worden. Daarom gaan we ook nooit samen uit.'
De Cock maakte een lichte schouderbeweging.
'Waarom niet?' vroeg hij verbaasd. 'Ik zou mij juist gevleid voelen als u aan mijn zijde ging.'
Xaveria van Breevoorde schonk hem een lief lachje.
'Jean-Paul staat overal in hoog aanzien. Hij is een expert in het aanleggen en onderhouden van vaarwegen en havens. Hij geniet op dat gebied internationale faam en erkenning. Ik heb het hem nooit zo duidelijk gevraagd, maar ik vermoed dat die grote algemene bekendheid de reden is, dat hij voor de buitenwacht de voorkeur geeft aan de status van verstokte vrijgezel.'
De Cock keek haar onderzoekend aan.
'Waarom vertelt u mij dit alles?'
Haar gezicht betrok.
'Ik ben naar u toe gekomen omdat ik bang ben... bang, dat er iets met hem is gebeurd.'
'Wat zou er gebeurd kunnen zijn?'
Xaveria van Breevoorde stak haar beide handen trillend omhoog.
'Ik weet het niet... niet precies. Het is allemaal zo vreemd en zo verward. Ongelooflijk.' Ze keek naar De Cock op. Haar ogen weerspiegelden angst. 'Jean-Paul komt elke vrijdagavond... zo tegen een uur of zeven. Maar jongstleden vrijdag kwam hij niet. Ik begreep er niets van. De dag tevoren hadden we nog met elkaar gesproken. Door de telefoon. Gewoon, zoals altijd, wat ervaringen uitgewisseld. Toen hij er om negen uur nog niet was, heb ik naar Bergen gebeld. Daar kreeg ik geen gehoor. Het hele weekeinde ben ik thuis gebleven en heb gewacht op zijn komst... op een telefoontje... op enig bericht.'

Ze friemelde nerveus aan het sjaaltje in haar hals. 'Er kwam niets... helemaal niets. Maandagmorgen, direct om negen uur, belde ik zijn kantoor. Zijn secretaresse zei mij, dat de heer Vreedenbergh voorlopig niet bereikt kon worden. Hij was op vakantie naar de Bahama's.'
De Cock keek haar wat onnozel aan.
'Dat kan toch?'
Ze schudde resoluut haar hoofd.
'Dat zou Jean-Paul nooit doen.'
'Wat niet?'
'Weggaan zonder het mij te zeggen.'
De Cock knikte begrijpend.
'U gelooft dus niet dat hij naar de Bahama's is?'
'Nee.'
'Wat gelooft u wel?'
Xaveria van Breevoorde liet haar hoofd iets zakken. Haar onderlip trilde.
'Dat... dat hij is gegijzeld.'

8

De Cock grinnikte ongelovig.
'Gegijzeld?' herhaalde hij vragend. 'Hoe... eh, hoe komt u op die gedachte?'
Xaveria van Breevoorde keek naar hem op.
'Jean-Paul was gewaarschuwd.'
De Cock trok rimpels in zijn voorhoofd. 'Dat hij zou worden gegijzeld?' Ongeloof klonk in zijn stem.
Xaveria van Breevoorde knikte nadrukkelijk.
'Zo ongeveer een maand geleden kreeg hij een telefoontje van een jongeman, die hem zei, dat er een plan bestond om hem te gijzelen. De voorbereidingen, zo zei hij, waren al in een gevorderd stadium.'
'Wat was dat voor een jongeman?'
Xaveria van Breevoorde schudde haar hoofd.
'Dat weten we niet. Hij had een nog jonge stem. Vandaar dat Jean-

Paul dacht dat het een jongeman was. Hij heeft zijn naam niet genoemd. Wel drukte hij Jean-Paul op het hart om vooral tegen niemand te zeggen, dat hij was gewaarschuwd. De jongeman zei letterlijk: Dan ben ik mijn leven niet meer zeker.'

De Cock knikte begrijpend.

'Vatte de heer Vreedenbergh de waarschuwing ernstig op?'

'Absoluut.'

'Heeft hij de politie gewaarschuwd... maatregelen genomen?'

Xaveria van Breevoorde zuchtte. 'Zo is Jean-Paul niet. Het spijt me dat ik het u zeggen moet, maar hij heeft weinig vertrouwen in de politie. Hij wil ook geen lijfwacht om hem heen. Feitelijk is hij een wat ouderwetse man, met een tomeloze energie. Ik weet niet precies waarom ik van hem houd. Misschien is het zijn open... eh, ongecompliceerd karakter. Hij heeft ook een vreemde wijze van zaken doen. Als hij naar het buitenland gaat om orders af te sluiten, dan neemt hij grote bedragen aan contant geld mee... in een soort hemd met ingenaaide zakken. Ter plekke deelt hij dan als een gulle Sinterklaas links en rechts bankbiljetten van duizend dollar uit. Er zijn mensen die hem voor gek verklaren, maar hij komt altijd met miljarden aan opdrachten thuis.'

De Cock glimlachte.

'Is hij vermogend?'

Xaveria van Breevoorde trok een ernstig gezicht.

'Jean-Paul heeft een gigantisch vermogen, maar vrijwel al zijn geld zit in de onderneming.'

De Cock staarde nadenkend voor zich uit.

'Als... als we aannemen dat de heer Vreedenbergh werkelijk is gegijzeld... aan wie zou men dan om losgeld moeten vragen?'

'Aan de leiding van de baggeronderneming. Zijn mededirecteuren, de heren Van der Grauw en Middelkoop, zouden daarover moeten beslissen.'

'Kent u de beide heren?'

Xaveria van Breevoorde schudde haar hoofd.

'Ik heb hen nooit ontmoet.'

'Weten zij van uw verhouding met de heer Vreedenbergh?'

'Ik neem aan van niet. Ik zei u al; Jean-Paul wilde er geen ruchtbaarheid aan geven. Daarom zal hij er ook op de zaak niet over hebben gesproken.'

'Zouden ze het doen?'

'Wat?'
'Een groot bedrag aan losgeld betalen?'
Xaveria van Breevoorde reageerde verrast.
'Waarom niet?'
De Cock trok een bedenkelijk gezicht.
'De motieven om losgeld te betalen... hoeveel ook... liggen altijd in de emotionele sfeer... liefdevolle bindingen van de gegijzelde met ouders, vrouw, kinderen of verwanten. Bij een puur zakelijke relatie spelen die motieven geen rol.'
Xaveria van Breevoorde keek hem aan. Haar grote donkere ogen fonkelden kwaadaardig. 'Die emotionele binding, meneer De Cock, is niet nodig. De heer Vreedenbergh is voor de onderneming zijn gewicht in goud waard.'

Toen Xaveria van Breevoorde was vertrokken, bracht Vledder zijn beide armen in een gebaar van wanhoop naar voren. 'Het wordt te dol,' verzuchtte hij. Vragend keek hij de grijze speurder aan. 'Wat denk je... zullen we het opgeven?'
'Wat?'
'Dit onderzoek.'
'Waarom?'
De jonge rechercheur maakte een grimas. 'Zolang ik met je optrek, zijn we nog nooit in zo'n idiote zaak geduikeld. Het wordt met het uur gekker. Wat wil je bijvoorbeeld doen met dat verhaal van Mooie Karel over de Kennemerduinen? Het zand omwoelen met een bulldozer?'
De Cock lachte.
'Ik denk niet dat er autoriteiten zijn te vinden, die ons daarvoor toestemming willen geven. Het is ook onbegonnen werk. Bovendien; wat moet je aanvoeren... zoeken naar het lijk van een man die met vakantie op de Bahama's is? En dan moet je er nog van uitgaan, dat de dooie, die Archie wilde begraven, inderdaad de door ons zo begeerde heer Vreedenbergh is.'
Vledder keek hem verwonderd aan.
'Ga je daar niet van uit?'
De Cock schudde zijn hoofd.
'Het is een mogelijkheid die wij niet mogen verwaarlozen. Maar het lijkt mij nog te vroeg om ons aan die theorie vast te houden. Er bestaan geen directe aanwijzingen voor. Uiteraard intrigeert mij de

verdwijning en de mogelijke dood van Archibald Benschop. Maar dat is al even vaag als de affaire Vreedenbergh.'
Vledder staarde nadenkend voor zich uit.
'Ik wilde tijdens jouw gesprek met Xaveria van Breevoorde niet storend tussenbeide komen. Maar wat is een LAT-verhouding?'
De Cock krabde zich achter in zijn nek.
'Ik weet niet,' sprak hij breed grinnikend, 'of de Engelsen het hebben uitgevonden, maar het komt van de woorden Living Apart Together.'
'Kan dat?'
'Wat?'
'Samen apart leven?'
De Cock wuifde achteloos. 'Je hebt het gehoord; Xaveria doet het met haar Jean-Paul.'
'Wat denk je van haar gijzelingsverhaal?'
De Cock trok zijn schouders op.
'Sinds we in ons land een paar geruchtmakende gijzelingszaken hebben gehad, is het niet zo vreemd, dat de rijke en algemeen bekende heer Vreedenbergh zich als een gewild object ziet.'
Vledder stond van zijn stoel op en ging naast De Cock op de rand van diens bureau zitten. 'Volgens Xaveria van Breevoorde,' sprak hij met nadruk, 'werd hij zelfs gewaarschuwd, dat een plan om hem te gijzelen zich al in een gevorderd stadium bevond.'
De Cock knikte vaag.
'Het is natuurlijk niet gebruikelijk dat men de man die men wil gijzelen, voor die tijd waarschuwt.'
'Je bedoelt, dat het niet echt was... een loos bericht... een soort grap?'
De Cock aarzelde even voor hij antwoordde.
'Er bestaat nog een mogelijkheid; er bestond wel degelijk een plan om de heer Vreedenbergh te gijzelen en iemand klapte uit de school. Dat verklaart het uitdrukkelijke verzoek om over de waarschuwing te zwijgen.'
Vledder slikte.
'Dan-ben-ik-mijn-leven-niet-meer-zeker.'
De woorden dreunden na. Een tijdlang zwegen beiden. Ieder verdiept in zijn eigen gedachten.
Na een poosje liet de jonge rechercheur zich van De Cocks bureau glijden en liep een paar meter weg. Plotseling, met een ruk,

draaide hij zich om en stapte hoofdschuddend terug. 'Als er al gijzelingsplannen waren,' sprak hij heftig, 'dan kunnen we die rustig vergeten. Ze spelen in deze affaire geen enkele rol. De heer Vreedenbergh werd niet gegijzeld. Hij zat gewoon dood in zijn stoel.' Hij zweeg. Zijn gezicht kreeg een peinzende uitdrukking. Weifelend en onzeker keek hij de grijze speurder aan. 'Of... eh, of niet?'

Voor De Cock kon antwoorden, werd er op de deur van de recherchekamer geklopt.

Vledder keek om en riep: 'Binnen'.

De deurknop draaide en in de opening verscheen een jongeman. De Cock schatte hem op rond de vijfentwintig jaar. Hij was wat sjofeltjes gekleed in een bruin ribfluwelen broek met vlekken en een leren jack, waarvan de rechtermouw was gescheurd. Hij slenterde loom op de beide rechercheurs toe. Voor De Cock bleef hij staan. Hij hield zijn hoofd, met warrig blond haar, wat schuin.

'Behandelt u de zaak van Archie Benschop?'

De Cock knikte. 'En met wie heb ik het genoegen?'

De jongeman glimlachte. Zijn gezicht kreeg daarbij iets zonnigs. 'Kees... Kees van der Wal,' sprak hij vrolijk. Hij wuifde nonchalant naar de ramen aan de Warmoesstraat. 'Ik heb het gevoel dat Smalle Lowietje de hele Amsterdamse penoze heeft opgetrommeld. Je kunt in de buurt niemand tegenkomen of hij trekt een donker smoel en vraagt: Weet je wat van Archie?'

De Cock keek naar hem op.

'En... weet je wat van Archie?'

Kees van der Wal ging onuitgenodigd zitten, wipte een pakje uit de borstzak van zijn jack en stak een sigaret op. 'Ik heb hem twee maanden geleden een boot verkocht,' sprak hij door een wolk van rook.

De Cock nam tegenover hem plaats en waaierde de rook weg.

'Wat voor een boot?'

'Een directieschuitje. Oud. Maar nog wel puntgaaf. Met een veertig peekaa Kromhout motor. Een gloeikop.'

De Cock keek hem quasi verbaasd aan.

'Die zijn toch al uit de mode?'

Kees van der Wal grinnikte. 'Dat mag je wel zeggen. Een museumstuk.'

'En dat kocht Archie van jou?'

De jongeman knikte.
'Ik handel zo'n beetje in boten.'
'Wist Archie dat?'
'Jazeker. Ik heb wel eens meer een bootje aan hem verkocht. Een plezierbootje... zo'n strijkijzer. Maar die heeft hij weer doorverkocht.'
'Dat directieschuitje niet?'
Kees van der Wal verschoof iets op zijn stoel. Het zonnige gleed uit zijn gezicht. 'Ik begreep ook niet,' sprak hij somber, 'waarom Zwarte Archie belangstelling had voor dat directieschuitje. Wil je er iets leuks mee doen, dan moet je er toch aardig wat aan vertimmeren. Zo'n oude Kromhout, bijvoorbeeld, die kun je er moeilijk in laten staan.'
De Cock plukte aan zijn onderlip.
'Zei Archie waarvoor hij de schuit nodig had?'
Kees van der Wal schudde zijn hoofd.
'Ik kwam hem op de gracht tegen. Hij klampte mij aan en vroeg of ik een boot voor hem te koop had. Ik zei ja en nam hem mee naar de Oude Waal. Daar had ik dat directieschuitje liggen. Naast de stenen brug. We gingen samen aan boord. Archie bekeek alleen de roef en zei meteen: ik neem hem.'
De Cock fronste zijn wenkbrauwen. 'Hij vroeg geen prijs?' In zijn stem trilde verbazing.
Kees van der Wal grinnikte.
'Nee, hij vroeg helemaal geen prijs.' De zon kwam terug op zijn gezicht. 'Toen heb ik er maar gauw een paar meier opgegooid.'
De Cock knikte begrijpend.
'En hij betaalde?'
De ogen van Kees van der Wal begonnen te glanzen. 'Direct.' Hij klopte een paar maal op zijn borst. 'Archie had een hele tiet met poen.'
'Wat deed hij met de schuit?'
'Dat weet ik niet. Hij heeft hem van de Oude Waal laten wegslepen, denk ik. In ieder geval, een paar dagen later lag hij er niet meer.'
'Weet je waar hij is gebleven?'
'De schuit?'
'Ja.'
Kees van der Wal knikte traag.

'Toevallig. Van de week kwam ik dat gabbertje tegen van wie ik die directieschuit had gekocht. Hij vroeg mij of ik dat ding nog had. Ik zei: Nee. Toen zei hij: Ik heb hem zien liggen.'
'Waar?'
Kees van der Wal grijnsde.
'Aan de Amstel... voor de begraafplaats Zorgvlied.'

9

Ze reden vanaf de houten steiger achter het politiebureau via de Oudebrugsteeg en het laadstation van de elektrische witkarren naar het Damrak. De ingewanden van de oude politie-Volkswagen kreunden een protest toen Vledder het gaspedaal even dieper indrukte om nog tijdens het groene licht de kruising Dam te passeren. De Cock reageerde wat verstoord. Hij hield niet van autorijden en acceleraties waren hem een gruwel. 'Hoe is het,' bromde hij van onder zijn hoedje, 'wil je vijf minuten eerder in de hel?'
Vledder grijnsde breed.
'Ik? Ik kom niet in de hel,' sprak hij liefjes. 'Alleen al door met jou samen op te trekken, heb ik een stoel in de hemel verdiend.'
De Cock schudde zijn hoofd.
'Daar zou ik maar niet te veel op rekenen,' sprak hij grommend. 'Ik heb mij laten vertellen dat men aan de hemelpoort geen politiemensen toelaat.'
Vledder lachte bevrijd. Grommend en brommend vond hij zijn oude collega op zijn best.
'Waarom wil je naar die schuit?'
'Omdat Archie hem heeft gekocht.'
'Is dat de enige reden?'
De grijze speurder schoof zijn oude hoedje wat naar achteren. 'Er zijn aan de aankoop van dat directieschuitje een paar zaken verbonden,' sprak hij geduldig, 'die mij ernstig bezighouden. Bijvoorbeeld: hoe kwam Zwarte Archie, die alleen leefde van wat hij van zijn moeder bietste, plotseling aan een 'tiet met poen', zoals Kees van der Wal dat zo plastisch uitdrukte? En waar had hij die oude schuit voor nodig? Bovendien moet je bedenken, dat de aankoop

plaatsvond op een tijdstip, dat Archie reeds bezeten was van een geheimzinnige man, die zich vermoedelijk ten onrechte Buck Jones noemt.'
Vledder grinnikte ongelovig.
'En denk je al de antwoorden op dat schuitje aan de Amstel bij Zorgvliet te vinden?'
De Cock spreidde zijn beide handen.
'Dat is niet nodig,' sprak hij met een grimas. 'Al licht het maar een tipje van de sluier op rondom het mysterieuze verdwijnen van Archibald Benschop.'
Vanaf het Rokin stuurde Vledder de politiewagen over de Munt naar de Vijzelstraat. Hij keek opzij.
'Het verdwijnen van Archie schijnt Smalle Lowietje nogal hoog te zitten. Een ieder die iets over hem weet te vertellen, stuurt hij naar ons toe.'
De Cock glimlachte.
'Ik heb dat wel meer meegemaakt bij vroegere zaken. Als de caféhouder werkelijk zijn invloed uitoefent, dan gebeurt er veel. Dat kan ik je verzekeren. Je moet de macht van Smalle Lowietje niet onderschatten.'
Vledder fronste zijn wenkbrauwen. 'Macht?'
De Cock knikte nadrukkelijk. 'Macht, ja, invloed. Smalle Lowietje kent de hele Amsterdamse onderwereld en weet veel. Ik bedoel, van de meesten weet hij wel iets, dat in feite het daglicht niet kan velen.'
'Chantage?'
Het woord 'chantage' schokte De Cock. Hij plooide zijn lippen tot een tuitje. 'Zo... eh, zo mag je dat niet noemen,' zei hij bedachtzaam. 'Ik beschouw het meer als een aanmoediging om de gerechtigheid te dienen.'
Een volle lach van Vledder schaterde door de wagen.
'De Cock,' sprak hij vrolijk, 'je zou een volmaakt politicus zijn. Je zet de zaken volkomen op zijn kop. Natuurlijk doen de penozejongens wat Smalle Lowietje zegt, omdat ze bang zijn voor hetgeen hij van hen weet... bang voor zijn relatie met jou.'
De Cock schudde krachtig zijn hoofd. Zijn grof gezicht met de diepe plooien stond ernstig. 'Zo liggen de verhoudingen niet. Mijn... eh, mijn vriendschappelijke betrekkingen met Smalle Lowietje hebben daar niets mee te maken. Een Mooie Karel en een

jongen als Kees van der Wal handelen op basis van het principe: de ene dienst is de andere waard. Bedenk, dat ze ook bij De Smalle kunnen aankloppen als ze zelf in de knoei zitten.'
Rond het Weteringcircuit reden ze naar de Stadhouderskade en vandaar rechts naar de Amsteldijk. Toen ze onder de moderne Utrechtsebrug door langs de Amstel reden, drukte De Cock zich iets omhoog. Het uitzicht over de fraaie rivier werd hem ontnomen door een wanordelijke reeks onooglijke schuiten.
'Een mooie stad,' verzuchtte hij, 'maar klungels... klungels van...' Hij maakte zijn zin niet af.
Vledder blikte glimlachend opzij. Hij wist dat het de grijze speurder verdroot, dat een van de fraaiste plekken aan de Amstel op deze wijze werd ontsierd. Het lakse woonschepenbeleid van het Amsterdamse gemeentebestuur kon in zijn ogen geen genade vinden. Hij zwaaide voor zich, 'Weet jij hoe een directieschuit eruitziet?'
'Niet precies. Ik schat hem iets kleiner dan een normale Amsterdamse rondvaartboot. Ik kan wel een Kromhout-gloeikopmotor herkennen.'
Vledder reageerde verrast.
'Ben jij zo technisch?'
De Cock schudde zijn hoofd.
'Mijn oude grootvader was visserman. De eerste echte motor die ik van mijn leven zag, was de Kromhout-gloeikopmotor in zijn botter. Ik heb vaak gekeken hoe de kop van die motor met een brander roodgloeiend werd gestookt, voordat er kon worden gestart.'
Ze reden langzaam verder. Even voorbij de ingang van de begraafplaats lag eenzaam een oude roestige schuit.
Vledder wees: 'Dat moet hem zijn.'
De Cock knikte instemmend.
Vledder parkeerde de politie-Volkswagen tegen het hek van Zorgvlied en de beide rechercheurs stapten uit. Ze bleven nog even bij de auto staan. Het begon al te schemeren. Het stukje Amstel-oever zag er verlaten uit. Een zwoel avondwindje ruiste door de hoge populieren van de begraafplaats. Soms zwol het ritselen even aan, als sfeermuziek bij een film.
Traag slenterden de beide mannen in de richting van de schuit. Aan de wallekant bleven ze staan.
De aandacht van De Cock werd onmiddellijk getrokken door twee splinternieuwe koperen hangsloten op de schuif en de toegangs-

deurtjes naar de roef.
Er was geen uitnodigende loopplank. Wat moeizaam en stram klauterde De Cock vanaf de wallekant in het gangboord.
Vledder volgde.
De oude rechercheur liep naar het midden van de schuit, bukte zich, trok een ijzeren luik omhoog en keek naar binnen. Met een zoete grijns op zijn gezicht kwam hij weer omhoog. 'Een oude Kromhout-gloeikopmotor... het kan niet missen.' Hij liet het luik weer zakken, sjokte naar de roef en vestigde zijn aandacht op de hangsloten. 'En dat,' grijnsde hij, 'is zelfs voor mij een fluitje van een cent.'
Vledder keek hem schuins aan.
'Je gaat toch niet weer naar binnen?' vroeg hij wat benauwd. 'We hebben al een klacht tegen ons lopen.'
De opmerking ging aan De Cock voorbij. Hij nam het apparaatje van Handige Henkie ter hand, koos met kennersblik de juiste sleutelbaard en in luttele seconden had hij de beide sloten geopend.
Vledder keek toe. Zijn jong gezicht stond zorgelijk. Maar van zijn lippen kwam geen protest meer.
De Cock stopte de beide koperen sloten in de zakken van zijn regenjas en keek glimlachend naar zijn jonge collega op. 'Het is niet mijn schuld,' sprak hij verontschuldigend, 'dat een rechercheur zo weinig bevoegdheden heeft.' Hij stak zijn rechterwijsvinger omhoog. 'En leer één ding van mij: de wet dient veel meer om misdadigers te beschermen, dan om hen uit te schakelen.'
Vledder trok zijn gezicht strak.
'Daarom lap jij de wet aan je laars.'
Het klonk hard.
De plooien rond de mond van De Cock dansten. Hij schudde zijn grijze kop. 'Nee, Dick, dat doe ik niet. Ik eerbiedig de wet en dien haar naar vermogen.' Hij ginnegapte en kon een schaterlach met moeite onderdrukken. 'Ik ben alleen zo nu en dan wat ondeugend.'
Hij draaide zich om, drukte met enige kracht de schuif terug en ging door de klapdeurtjes het trapje af. Onmiddellijk stuitte hij op een nieuw aangebrachte houten wand, waarin een smalle, zwaar vergrendelde deur. Hij schoof de goed geoliede grendels terug, duwde de deur open en blikte in een donkere ruimte.
Vledder reikte hem een zaklantaarn.
De Cock liet het lichtovaal door het vertrek dansen. Het was maar

een kleine ruimte, nog geen twee bij drie meter. Er waren geen ramen en geen patrijspoorten en de wanden waren met dik schuimrubber bekleed. Links, naast een veldbed met grauwe dekens, stond een chemisch toilet.
Vledder hijgde in zijn nek.
'Een schuilplaats.'
De Cock knikte. 'Voor een gijzeling.'

Ze liepen van de schuit weg naar de politiewagen aan het hek van de begraafplaats. Na ampele overwegingen was De Cock tot het besluit gekomen de sporen van hun aanwezigheid op de oude directieschuit zorgvuldig te verwijderen en de nieuwe koperen sloten weer aan te brengen.
Vledder hield het rechterportier van de wagen gedienstig voor hem open en de grijze speurder liet zich met een plof op de stoel zakken. Zijn gezicht stond nors. Hij voelde zich verward en opstandig. De mysterieuze verdwijning van Jean-Paul Vreedenbergh en Archibald Benschop hadden hem in een korte tijd tot een reeks dubieuze beslissingen gedreven. Dat zat hem dwars. Hij had in zijn lange carrière als speurder steeds de moed gehad om onbetreden paden te bewandelen, om van de orthodoxe recherchemethoden af te wijken en eigen wegen te gaan... met alle risico's daaraan verbonden. Moreel had hij zich daarbij nooit bezwaard gevoeld. De genomen beslissingen hadden hem nooit benauwd. Dat was nu anders. Door de vele vaagheden rond de verdwijning voelde hij zich onzeker... durfde hij geen duidelijke lijnen uit te stippelen.
Toen Vledder naast hem had plaatsgenomen, beduidde De Cock hem de motor niet direct te starten. 'Ik wil eerst even met je praten,' sprak hij ernstig. 'Dit gaat ook jou aan.'
De jonge rechercheur keek hem verwonderd aan. De ernstige toon van zijn oude leermeester trof hem. 'Watte, wat gaat mij ook aan?'
De Cock weifelde even en zocht naar een formulering.
'Nou, ik vind, dat ik over de klacht met betrekking tot ons optreden in Bergen wel wat te luchthartig ben heengestapt. Ik neem soms ondoordachte beslissingen, waarbij ook jij betrokken bent. Beslissingen, die bepaalde risico's inhouden voor jouw carrière.'
'Welke risico's?'
De Cock duimde over zijn rug.
'Denk aan die schuit. Wat wij nu hebben gedaan, is politioneel

gezien natuurlijk niet de juiste weg.'
'Waarom niet?'
De Cock zuchtte diep. 'Gijzeling is een ernstig misdrijf. Het gruwelijkste misdrijf dat ik mij kan indenken. Door te handelen zoals we nu hebben gedaan, doen we net alsof we geen plek voor een gegijzelde hebben ontdekt.'
Vledder trok zijn schouders op.
'Er heeft nog geen gijzeling plaatsgevonden.'
'Nog niet.'
De jonge rechercheur glimlachte hautain. 'Wel, als we morgen van een gijzeling horen, dan weten we waar we zoeken moeten.'
De Cock keek hem schuins aan.
'Waar dan?'
Vledder reageerde verward.
'Die schuit hier.'
De Cock sloot even zijn ogen voor het onbegrip.
'Een schuit is mobiel.' In zijn stem klonk verwijt. 'Ze kunnen hem elk moment wegslepen. Nederland is een waterrijk landje. Ze kunnen met die schuit overal heen. En denk niet, dat je hem direct terugvindt. Een kwast verf doet aan zo'n roestig geval wonderen. Bovendien is de mogelijkheid niet uitgesloten, dat er nog ettelijke van dergelijke schuiten in de vaart zijn.'
Vledder boog beschaamd zijn hoofd.
'Wat moeten we dan doen?' vroeg hij timide.
De Cock gebaarde met een open hand.
'De eenvoudigste... en de meest voor de hand liggende oplossing zou zijn de schuit door de Rijkspolitie te Water naar een veilige plaats te laten verslepen en hem daar technisch te laten onderzoeken.'
'Waarom doen we dat dan niet?'
De Cock wreef over zijn brede kin. 'Dan staat er morgen in de krant: Geheime schuilplaats voor een gijzeling ontdekt. Is er een verband met de mysterieuze verdwijning van een jeugdig crimineel?' Hij zweeg even. 'Voor een handige journalist... bijvoorbeeld Bram Brakel van De Telegraaf... een koud kunstje.'
Vledder grijnsde. 'Smalle Lowietje heeft zoveel losgeweekt, iedereen weet toch al dat wij naar Zwarte Archie zoeken.'
'Dat is juist. Maar,' sprak De Cock bedachtzaam, 'alleen jij en ik... en de werkelijke dader of daders weten, dat de verdwijning

van Archibald Benschop mogelijk verband houdt met een gijzeling. En dat, beste Dick, is een kleine voorsprong, die ik graag wil vasthouden.'
Vledder fronste zijn wenkbrauwen.
'Er zal toch wel eens iemand hier naar de Amstel komen, die belangstelling voor die schuit toont. Kunnen we hem niet laten afposten?'
Om de mond van de speurder verscheen een droeve grijns. 'Wie moet dat doen?' vroeg hij triest. 'In mijn jonge jaren, toen we nog over voldoende mankracht beschikten, zou dat geen bezwaar hebben opgeleverd.' Hij wees schuin omhoog. 'We bouwden desnoods een kraaienest in een van de populieren.'
Vledder lachte en startte de motor.
'De Cock,' sprak hij plechtig, 'wat je ook doet, ik blijf op je vertrouwen.'
De Cock keek geroerd naar hem op.
'Dank je,' zei hij simpel.
Met een matig gangetje reden ze terug naar de Kit.
Vledder parkeerde de Volkswagen op de steiger. Vermoeid stapten ze uit en slenderden via de Oudebrugsteeg naar de Warmoesstraat.
Toen ze de hal van het politiebureau binnenstapten, wenkte brigadier Jan Kusters, die de oude Meindert Post had afgelost, de grijze speurder naar de balie. Hij was zichtbaar nerveus en zijn gezicht zag rood.
'Ik ben verdomd blij dat je er bent.' Het klonk oprecht en opgelucht.
De Cock keek hem onderzoekend aan. 'Wat is er?'
'Ik stond juist op het punt om commissaris Buitendam te bellen.'
'Waarom?'
Jan Kusters likte aan zijn droge lippen.
'Ik kreeg net de melding binnen en jij was er niet.'
'Wat voor melding?'
De wachtcommandant raadpleegde zijn aantekeningen.
'Keizersgracht 1217, bovenste etage. Daar is zojuist een vrouw dood gevonden.'
De Cock kneep zijn ogen dicht.
'Een vrouw,' riep hij gespannen, 'hoe heet ze?'
Jan Kusters keek naar hem op.
'Marlies van Haesbergen... gewurgd met een sjaal.'

10

De Cock keek op haar neer. Ze lag op haar rug naast een fauteuil op een bijna versleten Perzisch tapijt met Oosterse motieven in overwegend blauw. Haar ogen waren wijd opengesperd en om haar rimpelige hals was een witzijden sjaal gesnoerd.
De grijze speurder hurkte bij haar neer. De verkreukelde uiteinden van de sjaal lagen schuin omhoog naast haar linkeroor. De moordenaar of moordenares had de oude vrouw blijkbaar van achteren benaderd, de sjaal snel over haar hoofd geslagen en daarna fel aangetrokken. De insnoeringen waren uitzonderlijk diep en getuigden van de brute kracht waarmee de strangulatie was uitgevoerd.
De Cock kwam weer omhoog. Een vaag gevoel van schuld overviel hem. Hij had van het begin af beseft, dat Marlies van Haesbergen door haar waarnemingen in een ernstige gevarenzone terecht was gekomen. Hij had zijn geweten gesust met de gedachte, dat de oude conciërgevrouw na de ontdekking van de dode heer Vreedenbergh in de vergaderzaal steeds uiterst omzichtig had gehandeld. Hij had gehoopt, dat die houding een voldoende waarborg was voor haar veiligheid.
Hij keek de kamer rond en nam alles nauwkeurig in zich op. Het lange, rechthoekige vertrek was uiterst somber gemeubileerd met vier kolossale fauteuils in zwart wengé en een ondefinieerbare kleur tweed. Aan de wanden, koningsblauw met vergulde Franse lelies, hingen donkere schilderijen in zwarte vergulde lijsten, waarvan de afbeeldingen nauwelijks zichtbaar waren.
De Cock ademde diep. In het vertrek hing een geur van schimmel, dood en verrotting. Het benauwde hem.
Rechts, bij het raam, tegen een lang, diep geplooid gordijn van blauw velours, zat Vledder aan een peuterig kabinetje en snuffelde in papieren. Een lage bureaulamp vatte zijn handen in een ovaal van licht.
De Cock draaide zich om. In de deur stond handenwringend een vrouw. De Cock schatte haar op achter in veertig. Ze was lang, vormloos mager en onaantrekkelijk. Met lome tred liep hij op haar toe.
'U hebt haar ontdekt?'
De vrouw knikte.

'Ik ben Annette van Haesbergen.' Haar stem vibreerde nerveus. 'Ik ben een nicht van tante Marlies. Ik bezoek haar eenmaal in de week. Meest op donderdag. Dat komt mij het beste uit.' Om haar dunne lippen trilde een trieste glimlach. 'Ik was de enige van de familie die nog een beetje contact met haar onderhield. Tante Marlies was wat excentriek en daarom niet erg geliefd.'
De Cock keek de vrouw onderzoekend aan en ontdekte enige gelijkenis met de vermoorde vrouw. 'Haar... eh, haar excentriek gedrag was voor u geen reden om haar te mijden?'
Annette van Haesbergen schudde haar hoofd.
'Integendeel, ik mocht haar graag. Tante was erg kordaat, soms wat pinnig, en ondanks haar hoge leeftijd nog bijzonder helder van geest.'
'Hoe kwam u binnen?'
'Ik heb een sleutel.'
'Van het kantoor?'
Annette van Haesbergen keek hem wat verwonderd aan.
'Anders is de woning van tante niet te bereiken. Men moet door het kantoor naar boven.'
De Cock knikte begrijpend.
'Heeft u nog iets bijzonders bemerkt?'
'Hoe bedoelt u?'
'Was de toegangsdeur van het kantoor normaal gesloten?'
'Zeker.'
'En toen bent u met de lift naar boven gegaan?'
'Zoals altijd. Er was niets dat afweek van het normale. Het eerste vreemde dat mij opviel, was, dat de deur van tantes woning openstond.'
'Hoe reageerde u daarop?'
Ze trok haar magere schouders omhoog.
'Ik ging naar binnen en riep: Tante. Ik kreeg niet onmiddellijk antwoord, maar dat verontrustte mij niet. Het gebeurde wel meer dat ik tante niet in haar woning aantrof. Dan was ze ergens in de kantoorvertrekken. Ze deed nog altijd alsof ze de vrouw van de conciërge was. Meestal kwam ze na enkele minuten opdagen.'
'Dit keer niet.'
Annette van Haesbergen schudde haar hoofd.
'Toen het naar mijn gevoel te lang duurde, besloot ik eens te gaan kijken. Ik stond van de fauteuil op, waarin ik was gaan zitten, liep

om de tafel heen en stapte naar de deur. Plotseling zag ik haar daar liggen.' Ze zuchtte en sloot even haar beide ogen. 'Ik had zeker een kwartier lang op nog geen drie meter afstand van haar zitten wachten.'
De Cock gebaarde om zich heen. 'Het is hier ook vrij donker.'
Annette van Haesbergen knikte instemmend. 'Tante hield niet van veel licht. Het verdrijft ook de goede geesten, zei ze altijd.'
'U zag direct dat ze dood was?'
Annette van Haesbergen trok haar mond iets samen.
'Ja,' zei ze strak. 'Vermoord.'
'Wat hebt u gedaan?'
'Eerst de politie gebeld. Zesmaal twee. Daarna heb ik geprobeerd de heer Vreedenbergh in Bergen te bereiken. Dat lukte niet. Ik kreeg geen gehoor. Toen heb ik de jonge heer Van der Grauw gebeld. Die beloofde onmiddellijk te komen.'
'Wanneer heeft u tante voor het laatst in leven gezien?'
'Zaterdag... zaterdagmiddag om een uur of vier. Ik had een paar boodschappen gedaan in de stad en ging nog even bij haar langs.'
De Cock keek haar peilend aan.
'Zei tante nog iets... iets dat mogelijk verband kan houden met haar dood?'
Op het gezicht van Annette van Haesbergen kwam een peinzende uitdrukking. Na enkele seconden begon ze traag te knikken. 'Tante was een beetje uit haar gewone doen. Toen ik dat opmerkte, reageerde ze wat kriegel. Ze zei: er gebeuren hier rare dingen in het gebouw.'
'Wat voor 'rare' dingen?'
Annette van Haesbergen schonk hem een matte glimlach.
'Ze zei: er verdwijnen zomaar dode mensen.'
De Cock veinsde verbazing.
'Zei ze dat?'
'Ja.'
'En dat nam u serieus?'
Annette van Haesbergen glimlachte opnieuw. 'Nee, feitelijk niet. Ik zei u al; tante Marlies was een beetje excentriek... een beetje ongewoon in haar gedrag. Toen ze mij bij het afscheid tot beneden aan de deur bracht, klopte ze mij op mijn schouder en zei: het geeft niet hoor, kind, ik zoek het wel uit.'
'Heeft u nadien met iemand over die vreemde opmerking van uw

tante gesproken?'
Annette van Haesbergen schudde haar hoofd.
'Ik zeg het u eerlijk; ik hechtte er niet veel waarde aan. Oude mensen hebben wel eens opmerkelijke hallucinaties.' Ze beet op haar onderlip. 'Maar nu... gezien haar snelle dood...' Ze maakte haar zin niet af. In haar fletse ogen glommen tranen.
De Cock liep langs haar de gang in. Met twee broeders met een brancard in zijn kielzog, stevende Dr. Den Koninghe op hem af. De grijze speurder begroette hem hartelijk. 'U bent snel,' prees hij.
De oude lijkschouwer wuifde achteloos. 'We waren toevallig in de buurt. Op weg naar een heroïnedode in een kraakpand. Toen jouw melding doorkwam, zei ik tegen de broeders: we gaan eerst naar de Keizersgracht, naar De Cock.' Hij schudde zijn hoofd en snoof. 'Ik weet niet precies hoeveel ik er van het jaar al heb gehad. Het is uitzichtloos. Ik word zo moe van al die heroïneslachtoffers.' Hij lichtte beleefd zijn oude garibaldi voor Annette van Haesbergen en stapte de kamer binnen. Met duim en wijsvinger trok hij zijn grijze streepjesbroek aan de vouw iets omhoog en hurkte bij de dode neer. Voorzichtig, met kleine rukjes, plukte hij de sjaal wat losser uit de hals en bekeek de strangulatiestriemen aandachtig. Daarna drukte hij de oogleden toe. Het was een bijna teder gebaar van piëteit. Toen hij weer ging staan kraakten zijn knieën.
Hij zuchtte even, nam met precieze bewegingen zijn bril af en wipte een witzijden pochet uit de borstzak van zijn donkere jacquet. Terwijl hij een brilleglas bewasemde, keek hij omhoog.
'Ze is dood.'
Het klonk uiterst laconiek.
De Cock trok zijn gezicht strak.
'Dat vermoeden had ik al,' sprak hij plechtig.
Dr. Den Koninghe poetste zijn bril.
'Bij strangulaties van oude, tanige mensen,' sprak hij krakerig, 'ziet men niet vaak dergelijke diepe insnoeringen. Iemand met veel kracht.'
De Cock wees naar de dode op de vloer.
'U bedoelt; haar moordenaar?'
De oude lijkschouwer knikte traag. Hij zette zijn bril op, plooide de pochet in zijn borstzak, lichtte tot afscheid opnieuw zijn hoed en liep waardig de kamer af.
De Cock wuifde hem na.

Toen Dr. Den Koninghe in de gang uit zijn gezichtsveld was verdwenen, wendde hij zich weer tot Annette van Haesbergen. Bezorgd legde hij zijn rechterhand op haar schouder.
'Ik raad u aan om naar huis te gaan,' sprak hij vriendelijk. 'Dat is beter. Ik houd u op de hoogte, zodat u tijdig maatregelen kunt nemen voor haar begrafenis.'
Ze keek hem aan. Haar dunne lippen vormden een strakke lijn en haar ogen flikkerden kwaadaardig.
'En wanneer arresteert u haar moordenaar?'
De Cock blikte onbewogen terug.
'Spoedig.'

Nadat Bram van Wielingen, de politiefotograaf, in grote haast zijn plaatjes had geschoten, borg hij zijn fraaie Hasselblad in zijn aluminium koffer en verdween met een korte groet.
De Cock slenterde naar Ben Kreuger, de dactyloscoop, die met kennersblik de zwarte folie met een gevonden greepje bekeek.
'Is er wat met Bram?'
'Hoezo?'
'Hij heeft nauwelijks een woord met me gewisseld.'
Ben Kreuger maakte op de achterkant van de folie een aantekening over de vindplaats. 'De oudste dochter van Bram ligt in het ziekenhuis,' zei hij onbewogen. 'Ze kan elk ogenblik bevallen.'
De Cock lachte.
'Bram wordt opa.'
De dactyloscoop keek verstoord op.
'Is dat zo gek?'
De Cock schudde zijn hoofd.
'Maar ik ken Bram van Wielingen nog uit de tijd dat hij onbekommerd en onbesuisd op vrijersvoeten ging. En dan lijkt 'opa' zo ver weg.'
De altijd wat stijve Ben Kreuger reageerde niet. De expressie op zijn lange magere gezicht veranderde vrijwel nooit. Hij zocht zorgvuldig zijn spulletjes bij elkaar, sloot zijn koffer en liep de kamer af. Bij de deur draaide hij zich nog even om. Hij hield zijn koffer iets omhoog. 'Als er iets bijzonders bij is, hoor je van me.'
De Cock knikte gelaten en wuifde.
Toen de voetstappen van de dactyloscoop in de gang waren verklonken, wenkte De Cock de onverstoorbare broeders van de

geneeskundige dienst naderbij. Ze legden de brancard naast de dode Marlies van Haesbergen en tilden haar op het canvas. Daarna drapeerden ze een laken over haar heen, sloegen de klappen terug en sjorden de riemen vast. Wiegend droegen ze haar de kamer af.
De oude rechercheur had in zijn lange carrière in soortgelijke omstandigheden het gedrag van de broeders tientallen malen gadegeslagen. Het beeld bleef hem boeien. Het was alsof een acteur midden in het spel van het leven plotseling, bij open doek, van het toneel werd gedragen. Het schouwspel, vond hij, was veel indringender, veel indrukwekkender ook, dan de tocht van een mens naar zijn laatste rustplaats. Het beeld van de broeders met hun wiegende brancard vervolgde hem vaak in zijn dromen... bange dromen van een moord, die hij nooit vermocht op te lossen.
Hij verdreef de nare gevoelens uit zijn gedachten en draaide zich om naar Vledder. De jonge rechercheur kwam met een half gevulde plastic zak naar hem toe. De Cock keek ernaar.
'Wat is dat?'
'Dat mens bewaarde alles, geloof ik... ansichtkaarten, brieven, toegangsbewijzen voor een schouwburg, verlopen treinkaartjes. Ik heb uit de keuken maar een plastic zak gehaald en daar alles ingestopt. Ik zoek het op het bureau wel eens op mijn gemak uit.'
De Cock knikte instemmend.
'Is het ticket erbij?'
'Welk ticket?'
'Dat ze bij het reisbureau op het Koningsplein heeft gekocht. Een ticket naar de Bahama's.'
Vledder schudde zijn hoofd.
'Ik ben geen ticket tegengekomen.'
'Heb je goed gekeken?'
'Ik heb alle kastjes en laden leeggehaald.'
'Ook het geheime vakje?'
Vledder keek hem dom aan.
'Geheime vakje?' herhaalde hij verbaasd.
De Cock knikte. 'Die oude kabinetjes hebben vaak een verborgen ruimte.' Hij grinnikte. 'In romantische tijden bewaarde de vrouw des huizes daar haar heimelijke liefdesbrieven in.' Hij liep Vledder voorbij en bekeek het kabinetje aandachtig. Het was, zo stelde hij vast, een kunststukje van een begaafd schrijnwerker.
Het was niet de eerste keer dat De Cock bij zo'n oud kabinetje naar

een geheime ruimte zocht en hij wist, waarop hij moest letten. Met groot geduld begon hij alle laden te verwijderen en opende de deurtjes. Daarna keek hij opnieuw. Na enige tijd ontdekte hij een verschuifbaar paneeltje. Het was niet zo moeilijk, omdat veelvuldig gebruik op het hout geringe spoortjes had achtergelaten. Toen hij het paneel opzij drukte, werd er een vakje zichtbaar. Er stak een bruine enveloppe in. De Cock nam hem er uit en vouwde hem open.

Vledder keek mee over zijn schouder.

'Het ticket.'

De grijze speurder knikte.

'Met een adres; heer Vreedenbergh, Hotel Out Island Inn, George Town, Great Exuma.'

De ogen van Vledder werden groot. Van schrik liet hij de plastic zak uit zijn handen glijden.

'Heer Vreedenbergh,' hijgde hij, 'op de Bahama's.'

11

Vledder grinnikte dor. 'Dat kan niet... dat kan niet... dat kan niet.' Hij herhaalde het als een echo. Met een angstig gezicht keek hij naar De Cock op. 'Kan het?'

De Cock antwoordde niet. Hij bekeek het adres aandachtig. Het was in een hoekig handschrift geschreven op een klein, ongelijnd memo-velletje. Hij hield het Vledder voor.

'Is dat haar handschrift?'

De jonge rechercheur knikte traag.

'Dat kun je wel aannemen,' sprak hij bedachtzaam. 'Ik ben in haar kabinetje ettelijke aantekeningen in datzelfde handschrift tegengekomen.'

De Cock deed het ticket en het velletje terug in de bruine enveloppe. 'Dat adres,' sprak hij triest, 'moet voor Marlies van Haesbergen aanleiding zijn geweest om bij het reisbureau op het Koningsplein een ticket voor George Town op Great Exuma te kopen.'

Vledder grijnsde een tikkeltje vals. 'Om te zien hoe een dode heer Vreedenbergh daar zijn vakantie doorbracht.'

De Cock keek Vledder van terzijde aan. De opmerking van de jonge rechercheur trof hem. 'Precies,' sprak hij ernstig, 'om te zien hoe een dode heer Vreedenbergh daar zijn vakantie doorbracht.' Hij zweeg even; borg de bruine enveloppe in een binnenzak van zijn colbert en voelde het paspoort, dat hij in Bergen had gevonden. 'Iedereen in haar buurt beweerde dat de heer Vreedenbergh op de Bahama's was. Die stellige beweringen waren in strijd met haar eigen waarneming in de vergaderzaal. Ze wilde zekerheid. Die tegenstellingen zullen aan haar hebben geknaagd. Denk maar eens aan hetgeen ze tegen haar nicht zei: Het geeft niet hoor, kind, ik zoek het wel uit.'

Vledder schudde triest zijn hoofd.

'Het werd haar dood.'

De Cock knikte.

'En de moordenaar moest snel zijn. Hij had maar weinig tijd. Hij moest vanavond toeslaan. Het ticket staat op de datum van morgen.'

Vledder fronste zijn wenkbrauwen.

'Wie wist dat? Ik bedoel, buiten de mensen van het reisbureau en wij... wie wist dat zij een ticket had gekocht voor George Town op Great Exuma?'

De Cock plukte aan zijn onderlip.

'Hoe kwam Marlies van Haesbergen aan het adres?'

'Gestolen.'

De beide rechercheurs keken op. Het was een vreemde stem. Het geluid kwam van schuin achter hen. Ze draaiden zich om. In de deuropening stond een lange slanke man.

Met een trage, wat slepende tred, liep hij op hen toe.

'Gestolen,' herhaalde hij hoofdknikkend. 'De oude concièrgevrouw snuffelde altijd in de papieren van het kantoor. Dat deed ze al jaren.' Op enige afstand van de rechercheurs bleef hij uitdagend staan. Zijn rechterhand op zijn heup. Zijn benen iets uit elkaar. 'We hebben haar al vele malen betrapt. Het is, dat de heer Vreedenbergh haar steeds de hand boven het hoofd houdt. Als ik mijn zin had gekregen, dan was ze al lang in een tehuis voor oude lieden opgenomen.'

De Cock keek de man argwanend aan. Hij leek voor in de veertig. Hij was gekleed in een vlot lichtgrijs kostuum met een wijnrode das. Zijn donkerblonde haren, licht grijzend aan de slapen, waren

kort geknipt. Het lange, smalle gezicht met een sterk geprononceerde haviksneus beviel hem niet. Het wekte een vreemde weerzin bij De Cock.
'Wie... eh, wie bent u?'
De man glimlachte hautain.
'Van der Grauw... Gerard van der Grauw. Ik ben een van de directeuren van de in dit gebouw gevestigde baggeronderneming Vreedenbergh. Een half uurtje geleden ben ik opgebeld door een vrouw, die mij zei, dat er iets met haar tante, de oude concièrgevrouw, was gebeurd... iets ernstigs.'
De Cock hield zijn hoofd iets schuin.
'Hoe... eh, hoe lang stond u daar al in die deuropening?'
Gerard van der Grauw wuifde nonchalant.
'Enige tijd. Ik heb gedeelten van uw interessante conversatie kunnen volgen.'
De Cock trok zijn gezicht strak.
'Dan zult u hebben begrepen,' reageerde hij fel, 'dat de oude mevrouw Van Haesbergen werd vermoord... gewurgd met een sjaal.'
'Betreurenswaardig.'
De Cock kneep zijn ogen half dicht.
'Meer niet?'
'Wat bedoelt u?'
'Heeft u geen ander commentaar op haar dood dan 'betreurenswaardig'?'
Van der Grauw deed verbaasd. 'Wat verwacht u van mij?' antwoordde hij met een zweem van sarcasme. 'Dat ik mij in het stof wentel en in snikken uitbarst? De oude vrouw betekende niets voor mij. Helemaal niets. Het was mij zelfs een doorn in het oog, dat ze al zo lang voor ons kostbare kantoorruimte bezet hield.'
De Cock keek hem ongelovig aan.
'U bedoelt haar woning hier op de bovenste etage?'
Van der Grauw knikte. 'Precies. We kunnen die ruimte best gebruiken. We zitten al bijna bij elkaar op schoot.'
'Haar dood is u dus welkom.'
Van der Grauw drukte zijn lippen iets vooruit.
'Zo kunt u het formuleren,' sprak hij goedkeurend.
De Cock voelde een bijna onweerstaanbare lust in zich opbloeien om met zijn vuisten op dat smalle gezicht te meppen... op die

vreemd gekromde neus, die veel te hoog in het voorhoofd begon. Hij drukte zijn nagels diep in de palm van zijn hand en bedwong zich.

'U... eh, u sprak van 'gestolen'. U wist, dat mevrouw Van Haesbergen het adres van de heer Vreedenbergh op Great Exuma had?'

Van der Grauw knikte opnieuw.

'Daar ging vanmorgen die herrie om.'

'Wat voor herrie?'

Van der Grauw wuifde over zijn rug.

'Met Karin Peeters.'

'Wie... eh, wie is dat?'

'De secretaresse van de heer Vreedenbergh. De oude mevrouw Van Haesbergen was al een paar maal bij haar komen zeuren. Ze wilde per se de heer Vreedenbergh spreken. Er zou iets zijn met haar woning hier op de bovenste etage. Karin had haar steeds vriendelijk en geduldig uitgelegd, dat de heer Vreedenbergh niet te spreken was om dat hij zich met vakantie op de Bahama's bevond.'

'En?'

'Wel, vanmorgen kwam ze weer. Ik geloof wel voor de vierde keer in één week. Toen Karin Peeters haar opnieuw uitlegde dat de heer Vreedenbergh nog steeds niet van zijn vakantie op de Bahama's was teruggekeerd, werd de oude vrouw woedend en riep: U liegt, de heer Vreedenbergh is helemaal niet met vakantie op de Bahama's... de heer Vreedenbergh is dood.'

De Cock veinsde verbazing.

'Dood... en dat adres dan?'

Van der Grauw trok gelaten zijn schouders op. 'Ik denk dat ze het ergens uit een lade van mijn bureau heeft opgediept. Zoals ik al zei; ze snuffelt in alle papieren.'

De Cock spreidde grinnikend zijn beide handen.

'Ik, ik, ik begrijp er niets van.' Hij gaf een vleugje wanhoop aan zijn stem. 'Hoe kan de oude mevrouw Van Haesbergen nu beweren dat de heer Vreedenbergh dood is... terwijl ze het adres van een levende heer Vreedenbergh in haar bezit heeft?'

Gerard van der Grauw zuchtte diep.

'Toen de oude vrouw zo vreemd reageerde,' legde hij geduldig uit, 'liet Karin Peeters mij roepen. Ze wist met de situatie niet goed raad. Op haar verzoek herhaalde ik tegen mevrouw Van Haesber-

gen, dat de heer Vreedenbergh nog steeds met vakantie op de Bahama's was.'
'Wat zei ze?'
'Tot mijn grote verbazing zei ze: In-Hotel-Out-Island-Inn-in-George-Town? Ik zei, ja, want dat was het vakantie-adres, dat de heer Vreedenbergh mij had gegeven. Toen keek ze mij uitdagend aan en zei: Dat-adres-is-vals. En ik zal bewijzen dat het vals is. Ik heb al een ticket gekocht. Morgen reis ik naar Great Exuma.'
'En?'
'Wat?'
'Is het adres vals?'
De heer Van der Grauw keek de grijze speurder meelijwekkend aan. 'Ik had van u verwacht,' sprak hij met een licht verwijt, 'dat u het gedrag van een oude excentrieke vrouw beter zou inschatten... haar uitlatingen zou bezien in het licht van haar vele jaren.' Hij schudde zijn hoofd. 'Natuurlijk is dat adres niet vals.' Hij schoof in een moe gebaar de mouw van zijn colbert iets terug en keek op zijn horloge. 'Ik denk, dat de heer Vreedenbergh zojuist is opgestaan... of reeds aan het ontbijt zit.' Om zijn mond danste een glimlach. 'Wat let u? Ik zal u zijn telefoonnummer in George Town geven. Dan kunt u hem persoonlijk op de hoogte stellen van het plotseling verscheiden van mevrouw Van Haesbergen. En... mocht u nog twijfelen... informeer dan tevens naar zijn gezondheid.'

Ze liepen van het kantoor van de baggermaatschappij aan de Keizersgracht via de Raadhuisstraat, achter het Koninklijk Paleis om naar de Dam. De rechercheurs verkeerden beiden in een ware mineurstemming. De gladde, bijna huiveringwekkende heer Van der Grauw had hen een gevoelige klap toegebracht.
De Cock keek van opzij naar Vledder.
'Kreeg je hem direct aan de lijn?'
Vledder schudde zijn hoofd.
'Ik kreeg eerst een Engels sprekende man... een portier of een telefonist. Na wat gekraak kwam hij.'
'Hoe presenteerde hij zich?'
'Gewoon... hier Vreedenbergh.'
'En toen?'
De jonge rechercheur maakte een lichte schouderbeweging.

'Ik zei, dat mijn naam Vledder was, rechercheur van het politiebureau aan de Warmoesstraat en dat de oude vrouw van de conciërge was vermoord... gewurgd met een sjaal. Het was toen even stil aan de andere kant van de lijn. De heer Vreedenbergh leek door het bericht werkelijk geschokt. Eerst na enkele seconden zei hij: Dat is verschrikkelijk... dat is meer dan verschrikkelijk. Ik hoop, dat u de dader snel vindt.' Vledder zweeg even. 'Dat was het.'
'En zijn gezondheid?'
De jonge rechercheur grijnsde.
'Daar heb ik maar niet naar gevraagd. Zijn stem klonk levendig genoeg.'
De Cock knikte begrijpend.
Na enige minuten zei hij: 'Je had hem de groeten moeten doen.'
'Van wie?'
'Xaveria van Breevoorde. Je had, bijvoorbeeld, kunnen zeggen dat ze zich ernstig ongerust maakt.'
Vledder bleef geschokt staan.
'Verdomme, ja,' riep hij opgewonden. 'Je hebt gelijk. Ik heb helemaal niet meer aan die mooie Xaveria gedacht. Natuurlijk had ik hem moeten vragen waarom hij geen berichtje voor haar achterliet.' Hij zweeg even en keek De Cock verwijtend aan. 'Het is je eigen schuld. Waarom laat je mij dat telefoongesprek ook voeren... waarom doe je het zelf niet?'
De grijze speurder blikte onbewogen terug. 'Mijn Engels is zo slecht... door de telefoon.'
'Door de telefoon?'
De Cock knikte gelaten.
'Dan kan ik mijn handen en voeten niet gebruiken.'
Het duurde even voordat Vledder reageerde. Toen gleed het verwijt uit zijn ogen en maakte plaats voor een vrolijke twinkeling.
'De heer Vreedenbergh sprak Nederlands.'
'Die portier of telefonist niet.'
Ze liepen zwijgend verder. Over het Damrak, langs de Bijenkorf en het Beursgebouw naar de Oudebrugsteeg.
Vledder dacht na. Het was hem aan te zien. Een dwarse denkrimpel ontsierde zijn voorhoofd.
'Weet je wat ik niet begrijp,' sprak hij plotseling.
'Nou?'
'Als de heer Vreedenbergh leeft... waarom werd dan die oude

conciërgevrouw vermoord?'
De Cock grijnsde breed.
'Dick Vledder,' sprak hij spottend, 'soms breng je mij op de zalige gedachte, dat je werkelijk over hersens beschikt.'
'Barst.'

12

Vledder vertraagde zijn tred.
'Wil je vanavond nog wat doen?'
De Cock schoof de mouw van zijn oude regenjas terug en keek op zijn horloge. 'Het is pas tien uur.' In zijn stem klonk verbazing door.
Op de hoek van de Oudebrugsteeg en de Warmoesstraat bleef de jonge rechercheur staan. 'Mijn vriendin is vandaag jarig,' sprak hij bijna verontschuldigend. 'Ik wilde nog even bij haar op bezoek.'
'Gefeliciteerd.'
'Dank je.'
De Cock keek hem bezorgd aan.
'Ik hoor de laatste tijd weinig over je liefdesleven.'
Vledder maakte een grimas.
'Wat wil je? Met jou en de misdaad blijft er weinig tijd voor de liefde over.'
'Hoe lang ben je al verloofd?'
'Jaren.'
'Trouwen?'
Vledder krabde zich enigszins verlegen achter in zijn nek. 'Ik... eh, ik heb het Celine wel eens voorgesteld,' sprak hij wat timide.
'En?'
'Ze zei: Ik hou het zo nog wel een poosje met je uit. Blijf voorlopig maar met de Warmoesstraat en die ouwe vent getrouwd.'
De Cock fronste zijn wenkbrauwen en tikte met een kromme middelvinger op zijn borst. 'Bedoelde ze mij?'
'Beslist.'
Op het gezicht van de grijze man kwam een grijns. 'Doe haar toch maar de groeten van me,' sprak hij vrolijk. 'En wees lief voor haar.

Ik zet nog een paar regels over die moord op Marlies van Haesbergen beneden in het mutatierapport en verder...' Hij zweeg. De jolige trek verdween van zijn gezicht, '... zien we elkaar morgen weer.' Hij wuifde tot afscheid.
Met zijn vilten hoedje ver achter in zijn nek geschoven, bleef hij staan tot het silhouet van zijn jonge collega in de avondnevel oploste. Daarna draaide hij zich om en liep verder de Warmoesstraat in.
Brigadier Jan Kusters keek van zijn dienstboek op toen De Cock de hal van het politiebureau binnenstapte. Met een opgestoken wijsvinger wees hij omhoog. 'Ze zijn boven.'
'Wie?'
'Buitendam met de Officier van Justitie.'
'Heb jij hen verteld van die moord op de Keizersgracht?'
'Uiteraard.'
'Wat zeiden ze?'
'Het scheen hen nauwelijks te interesseren.'
'Wat komen ze dan doen?' riep De Cock geprikkeld.
Jan Kusters trok zijn schouders op.
'Ze vroegen naar jou en ik zei, dat je met Vledder naar de Keizersgracht was in verband met een melding over een moord op een oude vrouw. Zonder verder te informeren liepen ze toen de balie voorbij. Bij de trap draaide Buitendam zich om. Stuur De Cock naar boven, zei hij, zo gauw hij binnenkomt.'

Commissaris Buitendam troonde statig achter zijn imposant bureau. Links, aan de zijkant, zat Mr. Schaaps in een antracietgrijs kostuum. Traag en argwanend stapte De Cock op hen toe.
Buitendam wuifde naar de stoel voor zijn bureau.
'Ga zitten, De Cock,' sprak hij vriendelijk.
In tegenstelling tot zijn gewoonte, nam de grijze speurder plaats. Onderwijl monsterde hij het gezicht van de Officier van Justitie. Het stond strak, glad.
De Cock had al jaren een zekere aversie tegen de gezagdrager, die als 'opsporingsambtenaar-bij-uitnemendheid', zoals hij in de wet werd genoemd, naar zijn oordeel een weinig standvastig beleid voerde. Hij had de stellige indruk, dat Mr. Schaaps niet erg bestand was tegen de druk die allerlei groeperingen op hem uitoefenden.

Commissaris Buitendam strekte zijn rug.
'Het verheugt de heer Officier van Justitie en mij,' begon hij gezwollen, 'om jou te kunnen mededelen, dat Mr. Meturovski, de raadsman van de baggeronderneming Vreedenbergh, zijn formele aanklacht tegen jou en Vledder, inzake het onrechtmatig binnendringen in de woning van de heer Vreedenbergh aan de Eeuwige Laan in Bergen, heeft ingetrokken.'
De Cock slikte iets weg.
'Schriftelijk?'
Commissaris Buitendam schudde zijn hoofd.
'Vanavond... telefonisch. De schriftelijke bevestiging zal nog volgen. Maar wij achtten het intrekken van de aanklacht toch wel zo belangrijk, dat wij jou daarvan onmiddellijk op de hoogte wilden stellen.' De Commissaris trok zijn kin iets naar voren. 'Daarbij wil ik niet verhelen, dat de heer Officier van Justitie en ik er bij de heer Meturovski voortdurend op hebben aangedrongen om bij de beoordeling van het gebeurde in Bergen er rekening mee te houden, dat jij, en ook Vledder, over een uitstekende staat van dienst beschikken.'
De Cock klemde zijn lippen op elkaar. In zijn aderen borrelde de strijdlust op.
'Het is dus een gunst?'
De Officier van Justitie schraapte zijn keel.
'Het is een afwegen van belangen.'
'Welke belangen?'
'Die van jou en Vledder en de baggeronderneming, die graag een goede relatie met de justitie behoudt.'
De Cock keek Mr. Schaaps onderzoekend aan.
'Heeft Mr. Meturovski inzake deze affaire persoonlijk contact gehad met de heer Vreedenbergh?'
De Officier van Justitie streek met twee vingers tussen zijn witte stijve boord. De vraag verraste hem zichtbaar.
'Dat... eh, dat zal zeker zijn gebeurd.'
De Cock schudde zijn hoofd.
'Ik geloof er niets van,' sprak hij stug.
Mr Schaaps toonde zich geschokt.
'Waarom zou Mr. Meturovski geen persoonlijk contact met de heer Vreedenbergh hebben gehad?'
De Cock grijnsde.

'Omdat een dergelijk contact onmogelijk is. De heer Vreedenbergh is dood.'
'Wat?'
De Cock hield de grijns op zijn gezicht.
'Dood... dee-dubbel-o-dee.' Het klonk bijna spottend. 'Om voor mij nog onduidelijke redenen trachten sommige lieden de dood van de heer Vreedenbergh te camoufleren door te doen voorkomen, dat hij op de Bahama's zijn vakantie doorbrengt.'
Commissaris Buitendam keek hem verbijsterd aan.
'Dat... eh, dat is niet waar,' stamelde hij onthutst.
De Cock knikte nadrukkelijk. 'Toch. En tot die... eh, camouflagelieden behoort Mr. Meturovski, de man, die nu zo nobel de aanklacht tegen mij en Vledder intrekt.'
Mr. Schaaps kleurde tot diep in zijn hals. Het rood stak fel af tegen het smetteloze wit van zijn stijve boord.
'Ik mag aannemen,' sprak hij verbeten, 'dat u voor deze lasterlijke aantijgingen afdoende bewijzen hebt.'
De Cock schudde zijn hoofd.
'Het spijt me,' sprak De Cock vriendelijk en verontschuldigend, 'die bewijzen heb ik niet... nog niet. Maar om die te verkrijgen, zal ik mij door geen Mr. Meturovski... of wie dan ook... om de tuin laten leiden.'
Commissaris Buitendam kwam wild uit zijn stoel overeind. Zijn neusvleugels trilden. Woedend strekte hij zijn hand naar de deur.
'Eruit.'
De Cock ging.

Brigadier Jan Kusters keek toe hoe De Cock met vier stramme vingers een korte melding over de moord aan de Keizersgracht in het mutatierapport stelde.
'Je bent gauw weer beneden,' stelde hij.
De Cock zette een streep onder zijn melding en keek op.
'Die lui zijn stom,' sprak hij bits.
De wachtcommandant grijnsde.
'Een Commissaris van Politie en een Officier van Justitie?' vroeg hij quasi ongelovig.
De Cock schoof de schrijfmachine van zich af en knikte fel. 'Als ik iets beweer, dat de beide heren op een of andere manier niet bevalt, dan sturen ze mij als een hond de kamer af. Dat is stom. Dan is het

afgelopen, dan is er geen discussie meer mogelijk.' Hij zuchtte diep. 'Als ze geduldig naar mij luisteren, zodat ik kan uitleggen waarop ik mijn beweringen baseer, dan kun je daarover van gedachten wisselen. Dat idiote, autoritaire gedoe...' Hij maakte zijn zin niet af, maar stond op en slenterde naar de balie. Met een behendig sprongetje wipte hij over het gladde hout naar de hal.
Jan Kusters liep hem na; bleef achter de balie staan.
'Ga je naar huis?'
De Cock schudde zijn hoofd.
'Naar Smalle Lowietje... een vieze smaak in mijn mond wegspoelen.'

De Cock slenterde op zijn gemak door de Lange Niezel. In tegenstelling tot het middaguur, was het er nu erg druk. Groepjes mensen stonden voor broeierige bioscoopzaaltjes of vergaapten zich aan bizarre opblaasvrouwen in een woud van kunstpenissen.
De grijze speurder ging er achteloos aan voorbij. Hij had wel eens voor de etalage van zo'n sex-shop staan kijken, verbaasd over de vele variaties waarin de fallus was uitgebeeld. Hij was er van overtuigd dat de realiteit niet zo'n grote verscheidenheid te zien gaf. Vermoedelijk, zo overdacht hij, beschikte hij in die zaken over te weinig fantasie. Daarom ook konden de zielloze opblaasvrouwen hem niet bekoren.
Vanaf de Lange Niezel schoof hij de Achterburgwal op. In de omgeving van het Oudekerksplein was de prostitutie in vol bedrijf. De oudere business-vrouwtjes groetten hem in het voorbijgaan. Sommige jonge hoertjes, nog onbekend met zijn status van politieman, klampten hem aan met lokkende voorstellen.
De Cock deed geen moeite voor uitleg. Op de hoek van de Barndesteeg hield hij de bruine, met leer afgezette gordijnen opzij en stapte het café van Smalle Lowietje binnen. Het was schemerig donker in het intieme lokaaltje, waar de tengere caféhouder de scepter zwaaide.
Aan een smal tafeltje bij het raam zaten een paar uitgedoofde hoerenwaardinnen aan een zoet likeurtje. Ze knikten ter begroeting. Aan de bar zat niemand.
De Cock sjokte naar de laatste kruk bij de muur en hees zijn negentig kilo omhoog.
Smalle Lowietje veegde zijn handjes langs zijn morsige vest en liep

op hem toe. Zijn vriendelijke muizesmoeltje glom van genegenheid.
'Je bent nog laat.' Hij blikte om zich heen. 'En waar is die jongen?'
'Je bedoelt Vledder?'
'Ja... zie je jou... zie je Vledder.'
De Cock glimlachte.
'Zijn vriendin is jarig. Daar wilde hij vanavond nog even heen.'
'Hij heeft gelijk. Als je geen tijd meer voor de liefde hebt...' De caféhouder maakte zijn zin niet af. 'Weet je al wat van Zwarte Archie?'
De Cock maakte een verontschuldigend gebaartje. 'Niet veel. Ik ben bang dat die jongen in een vies zaakje verzeild is geraakt.'
'Wat voor zaakje?'
De Cock antwoordde niet. Hij plooide zijn gezicht in pure verbazing. 'Zou je eerst niet eens inschenken?' Het klonk als een licht verwijt.
Smalle Lowietje kleurde. Aalglad dook hij onder de tapkast, greep de fles cognac Napoléon, vatte twee bolle glazen en schonk in.
De Cock keek er geboeid naar. Cognac was voor hem de enige drank die door goden gebrouwen kon zijn. 'Heb je misschien iets gehoord van een op handen zijnde gijzeling?' vroeg hij nonchalant.
De caféhouder keek verrast op.
'Een gijzeling?'
'Ja.'
'Is Archie bij een gijzeling betrokken?'
De Cock nam zijn glas op en knikte traag.
'Ik heb ernstige redenen om dat te vermoeden. Zie je, dat gozertje dat je een paar dagen geleden naar mij toestuurde... die Kees van der Wal... vertelde mij, dat Archie beschikte over een opvallende 'tiet met poen' en dat hij een boot van hem had gekocht... een oude roestige directieschuit.'
Smalle Lowietje keek hem verwonderd aan.
'Wat moest hij daarmee?'
De Cock grijnsde.
'Een goede vraag... wat moest hij daarmee? We hebben die schuit dezelfde avond nog teruggevonden aan de Amstel, pal bij de begraafplaats Zorgvlied. Er was niet veel aan veranderd. Het was nog steeds een oud brok roest. Maar er waren nieuwe koperen

sloten en in de roef was een bijzondere ruimte getimmerd... een ruimte zonder ramen of patrijspoorten, maar met een veldbed en een chemisch toilet.'
De caféhouder hijgde.
'Om een gegijzelde in op te bergen.'
'Duidelijk.'
Smalle Lowietje liet zijn hoofd zakken. De mededeling had hem zichtbaar getroffen. 'Stomme Archie,' verzuchtte hij. Na enige tijd keek hij op. 'Een gijzeling...' sprak hij peinzend. Hij schudde zijn hoofd. 'Dat kan niet. Ik bedoel, dat kan Archie nooit hebben uitgedacht. Beslist niet. Daar is hij gewoon niet pienter genoeg voor.'
De Cock nam een slok van zijn cognac.
'Hij kan toch zijn gebruikt? Wie weet wat ze die jongen hebben voorgespiegeld... een onbekommerd bestaan... heel veel geld... snelle auto's... mooie meiden.' Hij zweeg even; keek de caféhouder doordringend aan. 'Ik wil, dat je voorlopig met niemand over die plannen voor een gijzeling praat.'
Lowietje blikte trouwhartig terug.
'Natuurlijk niet.'
De Cock zette zijn glas neer.
'Zie je... ik wil eerst weten wie het brein is achter de organisatie... en wie mogelijk als slachtoffer zou moeten fungeren.'
'En als ik wat hoor?'
De Cock schonk hem een beminnelijke glimlach.
'Je weet hoe ik je medewerking steeds op prijs stel. Je zou, bijvoorbeeld, eens voorzichtig kunnen informeren wie er kortgeleden een wat vreemde scheepsbetimmering heeft uitgevoerd.'
'Je bedoeld de gijzelingsruimte in die oude directieschuit?'
'Precies.'
'Dat zal Archie zelf wel hebben gedaan. Hij is een tijdje bouwvakker geweest. Je moet eens gaan kijken in het pandje van Dikke Nel... hoe hij het daar heeft vertimmerd. Klasse.'
De Cock liet zich nog eens inschenken.
'Is Mooie Karel nog bij Dikke Nel geweest?'
Smalle Lowietje trok een vies gezicht.
'Mooie Karel bij Dikke Nel?' herhaalde hij verbaasd.
De Cock knikte.
'Hij zei tegen mij, dat hij vroeger een tijdje met Dikke Nel had

gescharreld. Toen zei ik; zoek haar nog eens op. Ze is door het verdwijnen van Zwarte Archie wat in de war.'
Smalle Lowietje plooide zijn muizesmoeltje in een grijns.
'Karel zal zich niet bij haar vertonen. Dat laat hij wel uit zijn hoofd. Ik denk, dat Nel onmiddellijk tot gewelddadige acties overgaat. Ze heeft hem al eens met een schaar in zijn rug gepeuterd.'
'Waarom?'
'Omdat Mooie Karel toen heel opgewekt bezig was haar met een sjaal te wurgen.'

13

De Cock keek Smalle Lowietje geschrokken aan.
'Wurgen? Met een sjaal?'
'Ja, die had hij zelf meegebracht.'
'Daar wist ik niets van.'
De tengere caféhouder schudde achteloos zijn hoofd.
'Daar is ook nooit melding van gemaakt. Waarom zouden we jullie met dergelijke akkevietjes lastig vallen? Mooie Karel ging met de schaar nog in zijn rug in een taxi direct naar de intensive care. Na een paar dagen knapte hij al weer aardig op. Toen hij uit het ziekenhuis werd ontslagen, hebben Nel en ik hem duidelijk gemaakt, dat hij in de buurt niet meer gewenst was.'
De Cock knikte begrijpend. 'Hij verdween naar Den Haag.'
Smalle Lowietje trok zijn wenkbrauwen op. 'Den Haag?' vroeg hij wat verbaasd. 'Hoezo Den Haag?'
De Cock wuifde met zijn linkerhand.
'Hij vertelde mij, dat hij door de Haagse recherche was opgepikt voor een kraak in een villa en dat hij daarna een paar maanden onvrijwillig op staatskosten had gelogeerd.'
Smalle Lowietje trok een bedenkelijk gezicht en schudde langzaam zijn hoofd. 'Ik geloof er niets van. Je moet dat bij je vrienden in Den Haag maar eens natrekken. Volgens mijn informaties is hij een tijdje huisbewaarder geweest voor een stinkend rijke kerel. Mooie Karel schijnt familie te hebben in hogere kringen. Via zo'n

familielid zou hij een baan hebben gekregen in Zuid-Ierland. Die rijke vent had daar nabij de kust een soort landgoed, waar Mooie Karel op moest passen.'
De Cock grinnikte uitbundig.
'Mooie Karel... passen op de bezittingen van anderen?' In zijn stem vibreerde het ongeloof. 'Dat is de kat op het spek binden.'
Lowietje lachte vrijuit. 'Het schijnt ook niet goed te zijn gegaan. Anders was hij nu niet terug in Amsterdam.'
'Is hij nog in de buurt?'
Lowie trok zijn schouders op.
'Ik heb hem niet meer teruggezien. Ik heb ook niets meer over hem gehoord.'
'Hoe kwam je in contact met Mooie Karel?'
De Smalle keek hem niet begrijpend aan.
'Wanneer ... jaren geleden... of nu?'
'Toen je hem naar mij toe stuurde.'
Lowietje bezag de bolle glazen, bemerkte dat ze leeg waren en schonk nog eens in. 'Mooie Karel kwam hier plotseling het café binnen, bestelde een pilsje en vroeg of ik al wat van Zwarte Archie had gehoord. Ze hadden hem verteld, dat Zwarte Archie spoorloos was verdwenen. Ik zei, dat jij er mee bezig was, maar dat je nog geen resultaten had geboekt. Mooie Karel zei toen, dat hij zich toch wel ongerust maakte. Hij had Zwarte Archie een paar dagen tevoren op de straat gesproken... over een dooie, die begraven moest worden.'
De Cock knikte begrijpend.
'Dat was voor jou de reden om hem naar mij toe te sturen.'
'Precies.'
De Cock nam genietend een slok van zijn cognac en staarde daarna enige tijd in het glas. 'Die... eh, die rijke stinkerd met dat landgoed in Zuid-Ierland... weet je wie dat is?'
Smalle Lowietje plooide zijn vriendelijk muizesmoeltje in smartelijke trekken van onwetendheid.
'Geen flauw idee.'
'Kun je er achter komen?'
De caféhouder maakte een triest gebaartje. 'Misschien. Ik moet even nadenken van wie ik dat verhaal over Mooie Karel en dat landgoed in Zuid-Ierland heb gehoord.' Hij keek op met een denkrimpel in zijn voorhoofd. 'Waarom vraag je het hem zelf niet.'

'Ik weet niet waar hij is.'
'Ik zal mijn voelhoorns eens voor je uitsteken.'
De Cock dronk de rest van zijn glas in één teug leeg en liet zich van zijn barkruk glijden. 'Als dat zou kunnen.' Hij wuifde tot afscheid. 'En als je toch gezellig bezig bent... laat eens bij Tattoo Peter in de Sint Olofssteeg informeren op welke armen hij de laatste maanden een soort ridderzwaard in blauw en rood heeft getatoeëerd.' Hij draaide zich om en slenterde naar de uitgang.
Smalle Lowietje staarde hem verbijsterd na.
'Hee,' riep hij zichtbaar verward, 'wie van ons twee is er nu bij de recherche... jij of ik.'
De Cock antwoordde niet. De bruine gordijnen vielen achter hem dicht.

Vroeg, zeker een vol uur voor de komst van Vledder, zat De Cock al weer in de wieltjesstoel achter zijn bureau. Hij wilde de zaak eens op een rijtje zetten. Uitdagend had hij een blanco vel papier voor zich neergelegd. Na het opmerkelijke verschijnen van Marlies van Haesbergen die avond in de grote recherchekamer, waren er – zo overdacht hij – vele vreemde ontwikkelingen geweest, onverklaarbare tegenstrijdigheden.
Sinds het ogenblik, dat hij het moeilijke besluit had genomen om het verhaal van de oude conciërgevrouw over het mysterieuze verdwijnen van de heer Vreedenbergh uit de voorzittersstoel van de vergaderzaal, als een waarheid te aanvaarden, had hij vele momenten van twijfel gekend.
Wat was er met de heer Vreedenbergh gebeurd? Leefde hij nog of was hij dood?
De grootste dreun had Gerard van der Grauw, mede-directeur van de baggeronderneming hem toegebracht, toen die nonchalant aanbood om de heer Vreedenbergh in zijn hotel in George Town op Great Exuma te bellen en Vledder inderdaad een man aan de lijn kreeg, die zich als de heer Vreedenbergh presenteerde. Hoog spel? Of was Van der Grauw toch zeker van zijn zaak?
Maar waarom stierf Marlies van Haesbergen dan een gewelddadige dood? Vormde ze toch een gevaar, toen ze openbaarde dat ze had besloten om op eigen houtje op de Bahama's een soort privéonderzoek in te stellen. Een gevaar, ja... voor wie?
Als de heer Vreedenbergh, zo hij aannam, dit aardse tranendal had

verlaten, waarom dan zoveel geheimzinnigheid rond zijn dood? Een mens kon toch sterven? Angst voor paniek. Leed hij misschien aan een of andere mysterieuze ziekte, die om haar epidemisch karakter de openbaarheid niet mocht halen? Maar dan kon men toch bij de politie open kaart spelen? Of werd de heer Vreedenbergh gewoon onzindelijk vermoord en liet men daarom zijn lijk verdwijnen?
'De Cock.'
De oude rechercheur keek verschrikt op en zag het vrolijk lachende gezicht van Vledder. 'Wat... wat is er?' reageerde hij verstoord.
'Je wordt oud.'
'Hoezo?'
'Ik hoorde je in jezelf mompelen.'
De Cock glimlachte verlegen.
'Ik... eh, ik dacht na. Ik had alleen niet in de gaten dat ik het hardop deed.'
Dick Vledder gebaarde naar het vel papier op het bureau voor De Cock.
'Wat moet je daarmee?'
De Cock voelde zich betrapt.
'Opschrijven wat ik dacht.'
Vledder grinnikte.
'Ik heb nooit geweten dat jij zulke reine gedachten had... het papier is nog maagdelijk blank.'
De Cock greep het vel papier en frommelde het in elkaar.
'Wat ben je scherp vanmorgen,' merkte hij pijnlijk getroffen op. 'Het verjaardagsfeestje bij je vriendin is kennelijk goed verlopen.'
Hij kwam overeind, wierp de prop in de prullebak en slenterde naar de kapstok.
Vledder liep hem na.
'Gaan we nu al op pad?'
'Ja.'
'Waarheen?'
'Naar Amersfoort... aan Xaveria van Breevoorde vragen of ze een telefoongesprek voor ons wil voeren.'

In Amersfoort, op het Lieve Vrouwekerkhof, aan de voet van de imposante en 92½ meter hoge Lieve Vrouwetoren, reed Vledder de politie-Volkswagen op een gemarkeerde parkeerplaats en draaide

het contact af. Geïnteresseerd blikte hij om zich heen.
'Woont ze hier?'
De Cock wees schuin voor zich uit.
'Verderop... in de Lieve Vrouwestraat... even voorbij de 'Lamme Goetsack'.'
Vledder lachte. 'Wat is de 'Lamme Goetsack'?'
'Een soort bistro. Erg gezellig. Genoemd naar de dikbuikige vriend van Tijl Uilenspiegel. Xaveria soupeerde er wel eens met haar Jean-Paul.'
'Je bent goed op de hoogte.'
'Ik heb gisteravond... vrij laat nog... met de politie in Amersfoort gebeld.'
Vledder keek verrast op.
'Kenden ze Xaveria van Breevoorde?'
De Cock knikte. 'Niet, dat ze hier in Amersfoort als crimineel te boek staat, maar de rechercheur van dienst die ik aan de lijn had, herinnerde zich, dat een oud-collega van hem, die sinds kort een privé-detectivebureautje runt, nadrukkelijk belangstelling voor haar had getoond.'
'Wie was zijn opdrachtgever?'
De Cock glimlachte.
'Daar was onze Amersfoortse collega ook benieuwd naar.'
'En?'
'Een notaris.'
Vledder trok zijn neus iets op.
'Een notaris?' Het was alsof hij een vies woord uitsprak. 'Welke notaris?'
De Cock maakte een schouderbeweging. 'Dat wilde de nieuwbakken privé-detective niet zeggen. Hij deed er erg geheimzinnig over.'
'Gebeurt het vaker dat notarissen privé-detectives in de arm nemen?'
'Misschien als tussenpersoon... bijvoorbeeld voor een rijke ondernemer, die het plan heeft om een testament te laten maken...'
Vledder onderbrak enthousiast.
'... en wil weten wat voor vlees hij in de kuip heeft.'
De Cock gniffelde. 'Ik vind die beeldspraak met betrekking tot de beeldschone Xaveria niet zo vlijend,' sprak hij fijntjes.
De jonge rechercheur sloeg met zijn vuist op het stuur.

'Natuurlijk... dat is het. De heer Vreedenbergh heeft overwogen om Xaveria van Breevoorde in zijn testament op te nemen... maar ging vooraf op informatie uit. Ik zou wel eens willen weten...'
Verder kwam hij niet. De Cock greep hem achter in zijn nek en drukte zijn hoofd langs het stuur naar beneden.
'Hou je koest,' siste hij tussen zijn tanden. 'Ik wil niet dat hij ons hier ziet.'
'Wie?'
'Gerard van der Grauw... hij kwam met een aktentas onder zijn arm uit de Lieve Vrouwestraat.'

Xaveria van Breevoorde, in een ragfijne, opwindende, bijna doorschijnende peignoir, keek de beide rechercheurs voor haar verwonderd aan. 'Een telefoongesprek? En daarvoor bent u helemaal vanuit Amsterdam naar Amersfoort komen rijden?' Ze grinnikte ongelovig. 'En met wie moet ik dan telefoneren?'
De Cock hield zijn blik strak op haar gericht.
'Met Jean-Paul Vreedenbergh,' sprak hij effen.
Haar grote amandelvormige ogen schenen te verkleuren.
'U weet waar hij is?'
De Cock antwoordde niet. Hij friemelde met twee vingers in het borstzakje van zijn colbert en diepte daaruit een notitie op. Die gaf hij haar. 'Dit is het telefoonnummer van het Hotel Out Island Inn. Het ligt niet ver van het strand van George Town op Great Exuma... een van de Bahama's.'
'En daar is Jean-Paul?'
De Cock gebaarde afwerend.
'We hebben het vermoeden dat hij daar vertoeft.' Hij duimde opzij. 'Mijn collega Vledder heeft gisteren via dat telefoonnummer gesproken met een man, die zich als de heer Vreedenbergh presenteerde. Het onderhoud verliep heel natuurlijk en ontspannen.' Hij glimlachte verontschuldigend. 'Toch behouden wij onze twijfels. Wij beiden kennen de stem van de heer Vreedenbergh niet. Evenmin beschikken wij over... eh, over typische bijzonderheden... intimiteiten, die een mogelijke bedrieger snel zouden kunnen ontmaskeren.'
Xaveria van Breevoorde reageerde ongewoon furieus.
'En over die... eh, typische bijzonderheden en intimiteiten beschik ik wel?'

De Cock spreidde zijn beide handen. 'Daar gaan wij van uit,' sprak hij gelaten. 'Bovendien lijkt mij dat gesprek ook voor u van belang. Ik neem aan, dat u nog steeds in het lot van de heer Vreedenbergh geïnteresseerd bent.'
Haar ogen vernauwden zich.
'Natuurlijk ben ik dat.'
De Cock glimlachte beminnelijk.
'Wat belet u dan om te bellen?'
Ze keek vragend naar hem op.
'U wilt er bij zijn?'
De Cock knikte nadrukkelijk.
'U moet zich onze nieuwsgierigheid kunnen voorstellen.'
Xaveria van Breevoorde zuchtte diep. Ze schoof een poef bij en ging er op zitten. Vanaf een wankel tafeltje bij het raam pakte ze een bizar telefoontoestel van lichtgroen onyx, zette het op haar knieën en begon te draaien.
De Cock liet zijn blik door het vertrek dwalen. De kamer was op een haast kitscherige manier Oosters ingericht, met wandlampjes en schermen als in een Chinees restaurant. De grijze speurder veranderde iets van plaats. Via een immense wandspiegel kon hij door de open deur een blik werpen op een onopgemaakt bed in de slaapkamer. Hij vroeg zich af of Gerard van der Grauw hier de nacht had doorgebracht. Directe aanwijzingen daarvoor zag hij niet.
Wel overviel hem het gevoel, dat het onderzoek naar de al of niet verdwenen directeur hem in een modderige poel van ontucht en misdaad had gebracht. Het verlammende was, dat hij er nog zo weinig van begreep.
Ergens op de achtergrond van zijn denken hoorde hij Xaveria van Breevoorde praten. Hoewel ze pal voor hem zat, leek het alsof het heel ver van hem vandaan gebeurde. Hij nam ook niet de moeite om het gesprek te volgen. De klanken gleden onberoerd langs hem heen. Eerst toen ze het geprek afbrak en de hoorn weer op het toestel legde, keek hij haar aan. Gespannen. Ze zag intens bleek, constateerde hij. Het blauw onder haar ogen leek zwart en op haar voorhoofd glinsterde een diadeem van zweetdruppeltjes.
'De heer Vreedenbergh,' sprak ze hees, 'is niet meer in Hotel Out Island Inn. Enkele uren geleden is hij met onbekende bestemming vertrokken.'

Het gezicht van De Cock stond strak, het toonde geen enkele expressie. 'Daar was ik al bang voor,' sprak hij zacht. 'We zullen een foto van de heer Vreedenbergh naar de politie in George Town sturen. Voor alle zekerheid. Om aan het personeel van het Hotel Out Island Inn te laten zien. Heeft u een portret?'
Xaveria van Breevoorde zat ineengedoken als een klein schichtig vogeltje en reageerde niet.
De Cock bukte zich voorover, nam het telefoontoestel van haar schoot en zette het terug op het tafeltje bij het raam. Daarna schoof hij een tweede poef bij en ging tegenover haar zitten. 'U begrijpt, dat het plotselinge verdwijnen van de heer Vreedenbergh ons ernstig bezighoudt.' Zijn stem klonk uiterst vriendelijk. 'We zoeken naar een verklaring.'
Xaveria van Breevoorde knikte gedwee.
'Uiteraard.'
'Was de heer Vreedenbergh gezond?'
'Hoe bedoelt u?'
'Leed hij aan een ernstige ziekte... kende hij angsten, depressies... was hij onder behandeling?'
Xaveria van Breevoorde sloot even haar beide ogen.
'Jean-Paul had wel eens last van zijn hart. Vorig jaar heeft hij een lichte aanval gehad. Hem is toen aangeraden om het wat kalmer aan te doen... wat te vermageren. Hij had ook een te hoge bloeddruk als gevolg van spanningen. Dr. Haanstra van de Keizersgracht hield hem onder controle en schreef hem ook tabletten voor.'
'Had hij geen dokter in Bergen?'
Ze schudde haar hoofd. 'Dat vond hij te lastig. Hij had wel een telefoonnummer voor noodgevallen. Maar het was voor hem gemakkeljker om een arts in Amsterdam te hebben. Die kon hij tijdens kantooruren consulteren.'
'En dat deed hij?'
'Zeker.'
De Cock staarde nadenkend voor zich uit. Ineens vonkte er iets in hem... een plotselinge sprong naar de avond tevoren in het schemerige, intieme lokaaltje van zijn vriend Smalle Lowietje.
'Was u wel eens in Zuid-Ierland?'
Xaveria van Breevoorde keek hem verrast aan.
'Op Thundering Heights?'

De Cock beet op zijn onderlip. Hij had de vraag in een opwelling gesteld. Het antwoord overrompelde hem. Even bonkte zijn hart in een vals ritme. Toen had hij zich weer in bedwang.
'Heet... eh, heet het landgoed zo?' vroeg hij onnozel.
Xaveria van Breevoorde knikte. 'Het is er nogal ruig en woest en het onweert er vaak. Jean-Paul heeft het dit voorjaar gekocht... voor ons beiden... als hij zich wat uit de zaken zou terugtrekken.' Haar gezicht versomberde. 'Voorlopig komt er niets van. Het was van binnen erg verwaarloosd. Er moet nog van alles aan worden gedaan.'
De Cock streek heel langzaam met zijn pink over de rug van zijn neus. Een intense spanning maakte zich van hem meester. Het lukte hem niet om het trillen van zijn hand geheel te verhinderen.
'Is het landgoed nu verlaten?'
'Jean-Paul heeft een huisbewaarder aangesteld.'
'Kent u zijn naam?'
'Koperman.'
De grijze speurder zuchtte en straalde. Voor het eerst in dit vreemde onderzoek voelde hij een lichte tinteling van triomf.
Vledder blikte opzij. De plotselinge glans in de ogen van zijn oude collega verwarde hem.
'Koperman,' herhaalde hij zonder er iets van te begrijpen.
De Cock grijnsde.
'De zondagse naam van... Mooie Karel.'

14

Van de parkeerplaats aan het Lieve Vrouwekerkhof reden de rechercheurs via een reeks smalle grachtjes in de fraaie Amersfoortse binnenstad naar de snelweg. Vledder, aan het stuur van de politieauto, staarde nukkig voor zich uit. De jonge rechercheur had het frustrerende gevoel dat het gehele onderzoek naar de verdwenen baggerdirecteur hem was ontglipt, dat hij er plotseling geen deel meer aan had.
Hij blikte kwaad opzij. 'Maar dat kan toch niet,' snauwde hij. 'Mooie Karel zat in de bajes. Dat heeft hij ons zelf gezegd.'

De Cock knikte. 'Heb jij dat nagetrokken?'
'Nee... waarom?'
'Precies... daar was geen dringende reden voor. Hij was voor ons niet meer dan een terloopse getuige. Gezien de reputatie van Mooie Karel klonk het bovendien erg aannemelijk. Maar gisteravond heb ik wel even met Den Haag gebeld.'
'Had jij dan wel een... eh, een dringende reden?'
De Cock keek zijn jonge collega van terzijde aan. Hij moest glimlachen om de kribbige toon. 'Je behoeft helemaal niet de pee in te hebben omdat je het niet snapt,' sprak hij vriendelijk. 'Dit keer treft jou geen blaam. Ik begrijp best, dat een landgoed in Zuid-Ierland met Mooie Karel als huisbewaarder je vreemd in de oren klinkt. Dat deed het mij ook.' Hij zweeg even en drukte zich wat omhoog. 'Nadat jij op verjaardagsvisite was gegaan, heb ik gisterenavond nog het een en ander beleefd.'
'Zoals?'
De Cock grijnsde.
'Onze bloedeigen commissaris, in gezelschap van de Officier van Justitie, 's avond laat nog aan het bureau om mij persoonlijk op de hoogte te brengen van het heuglijke feit, dat Mr. Meturovski zijn aanklacht tegen ons had ingetrokken.'
'Wat?'
'Ja... je kunt weer rustig slapen.'
Vledder snoof.
'Ik sliep toch wel goed,' sprak hij gemelijk.
De Cock grinnikte weer bij de herinnering.
'Ondanks de blijde mededeling was het geen prettig onderhoud. Toen de beide heren het wilden doen voorkomen alsof het intrekken van de aanklacht louter hun verdienste was – ze hadden aan Mr. Meturovski gezegd dat wij beiden zulke brave opsporingsambtenaren waren – kreeg ik even goed de smoor in.'
Op het sombere gezicht van Vledder brak een glimlach door.
'En Buitendam wees jou waar de deur was.'
'Juist... en om mijzelf wat op te beuren, ben ik naar Smalle Lowietje gegaan.'
Vledder keek gespannen naar de oude rechercheur naast zich.
'Die vertelde van het landgoed en Mooie Karel?'
De Cock kneep zijn wenkbrauwen samen. 'Nu moet ik even nadenken,' sprak hij voorzichtig, 'dat ik het je goed vertel. Ik...

eh, ik vroeg of Mooie Karel nog naar Dikke Nel was gegaan. Je weet, dat ik dat had gevraagd. Lowietje keek mij wat gek aan en zei, dat Mooie Karel het wel uit zijn hoofd zou laten om Dikke Nel te bezoeken. Ze had hem al eens met een schaar in zijn rug gestoken.'

'Waarom?'

'Omdat Mooie Karel met volle overtuiging bezig was haar met een sjaal te wurgen.'

De ogen van Vledder werden groot. 'Verdomme,' riep hij krachtig. 'Met een sjaal?'

De Cock knikte. 'Die hij zelf voor dat doel had meegebracht.'

'En verder?'

'Toen Mooie Karel na enige tijd genezen uit het ziekenhuis kwam, hebben Dikke Nel en Smalle Lowietje hem duidelijk te verstaan gegeven, dat hij beter Amsterdam kon verlaten. Dus... zo reageerde ik... verdween Karel naar Den Haag.'

Vledder grinnikte.

'Logisch, want hij had ons gezegd dat hij daar voor een kraak was gearresteerd.'

De Cock knikte instemmend.

'Smalle Lowietje keek mij ongelovig aan en zei, dat het niet klopte, dat ik maar eens moest informeren. Volgens zijn inlichtingen was Mooie Karel niet naar Den Haag gegaan, maar naar Zuid-Ierland. Door de bemiddeling van een familielid zou hij daar een baan hebben gekregen als huisbewaarder van een rijke stinkerd.'

De jonge rechercheur glunderde.

'Toen dacht jij... die rijke stinkerd kon wel eens de heer Vreedenbergh zijn geweest. Vandaar jouw vraag aan Xaveria van Breevoorde of ze wel eens in Zuid-Ierland was.' Hij klopte De Cock op de schouder. 'Je bent goed.'

'Dank je.'

'En wat doen we met die wetenschap?'

'Niets.'

Vledder keek De Cock verrast aan.

'Ik had zo even het idee, dat je erg blij was met de naam Koperman.'

De grijze speurder knikte.

'Dat ben ik ook. Maar ik kan er voorlopig niets mee doen. Het bewijst, dat Karel Koperman de onnoemelijk rijke heer Vreeden-

bergh kende. En dat is een opmerkelijk feit. Zie je, Mooie Karel en misdaad is zoiets als een Siamese tweeling... onafscheidelijk. De rijkdom van de heer Vreedenbergh zal hem zeker aan het denken hebben gezet. Alleen... Mooie Karel is geen kopstuk.'
'Hoe bedoel je?'
De Cock zuchtte.
'Ik krijg steeds meer de overtuiging, dat de verwikkelingen rond de verdwenen baggerdirecteur het werk zijn van iemand met hersens. En hersens heeft Mooie Karel niet... niet voldoende.'
Ze reden via Diemen Amsterdam binnen. De Cock liet zich weer wat onderuit zakken. Als je straks aan de Kit bent,' sprak hij loom, 'bel dan de naam Karel Koperman, alias Mooie Karel, even aan Ben Kreuger door. Misschien kan Ben inzake de moord op Marlies van Haesbergen wat met zijn vingertjes doen.'
'Ga jij niet mee naar de Kit?'
De Cock schudde zijn hoofd.
'Zet mij maar af bij de Keizersgracht. Ik ga eens een praatje maken met dokter Haanstra.'

De Cock betrad de treden naar een imposant bordes en keek naar een fraai koperen schild naast een donkergroen gelakte deur. In diep verzonken zwarte letters zonder kapitalen stond er: j.e. haanstra, arts, spreekuren van 10.oo tot 12.oo uur.
De oude rechercheur blikte op zijn horloge. Het was bijna kwart voor twaalf. Hij duwde de zware deur open en volgde na de hal een pijl met de aanduiding 'wachtkamer'. Tot zijn opluchting zaten er slechts twee vrouwen. Na een kort hoofdknikje tot groet, nam hij plaats op een bank met een gevlochten rieten zitting en greep van onder een tafeltje een beduimeld tijdschrift van een paar jaargangen terug.
Een van de vrouwen begon tot in de kleinste details te berichten van haar bezoek aan een neus-, keel- en oorarts, die een van haar bijholten had doorgespoeld. De andere luisterde gedwee met verschrikte ach's en o's op de juiste momenten. Toen het zoemertje ging, stond ze op en verdween links door een deur.
De Cock voelde, dat de vrouw met de bijholte nu dringend contact met hem zocht, maar hij hield zijn tijdschrift beschermend omhoog, bang om weer een vreselijk operatief ingrijpen te moeten aanhoren. Toen ook zij na het zoemertje ritselend verdween, legde

hij het tijdschrift onder het tafeltje terug en wachtte geduldig.
Het duurde dit keer geruime tijd. Blijkbaar had de beluste vrouw in de dokter een nieuw slachtoffer gevonden of baande ze middels hem een weg naar een nieuw schokkend medisch avontuur.
Na circa twintig minuten ging de deur links open en verscheen er in de deuropening een lange, nog jonge man in een kraakhelder witte jas. De Cock schatte hem op rond de vijfendertig jaar. Hij had opvallend hoogblond haar en de roze huidskleur van een goedgezoogd speenvarken. Op zijn kin lagen wat donzige plukjes haar in een nietige poging tot een baard. Hij keek de oude rechercheur vragend aan. 'Bent u de laatste?'
De Cock blikte onnozel om zich heen. 'Na mij is niemand binnengekomen.'
De jonge dokter knikte begrijpend.
'Komt u maar,' sprak hij koel.
De oude rechercheur stond op en volgde met zijn hoedje in de hand.
Vaag blikte de dokter op hem neer.
'U bent geen patiënt van mij?'
'Nee.'
'Hoe is uw naam?'
'De Cock... met ceeooceekaa. Voluit Jurriaan de Cock. Jurre voor mijn vrienden.'
De jonge dokter ging in de draaistoel achter zijn bureau zitten, greep een blanco kaart en begon te schrijven.
'Wat zijn uw klachten?'
'Een verdwenen directeur.'
De dokter keek verrast op.
'U zegt?'
De Cock trok een milde grijns.
'Een verdwenen directeur,' herhaalde hij vriendelijk. 'Ene Jean-Paul Vreedenbergh.'
De gouden vulpen gleed uit de handen van de dokter; maakte een inktvlekje op de nieuwe kaart.
'De heer Vreedenbergh,' stamelde hij.
De Cock knikte bevestigend.
'U bent toch dokter Haanstra?'
'Zeker... zeker.'
De Cock glimlachte beminnelijk.

'En de heer Vreedenbergh was toch een van uw patiënten?' Hij had het woordje 'was' wat nadrukkelijk uitgesproken, in de hoop, dat de dokter zou reageren. Dat deed hij niet.
'Hij... eh, hij was hier wel eens op het spreekuur.' Het klonk wat onzeker.
'Klachten?'
'Een zwak hart... was aan een ingreep toe. Verder... voor zijn leeftijd... een niet zo beste conditie en een veel te hoge bloeddruk.'
'U... eh, u wist van zijn verdwijning?'
Het was alsof de jonge dokter uit een verdoving ontwaakte. In zijn blauwe ogen vonkte enig vuur.
'Wie bent u?' vroeg hij plotseling scherp.
De Cock wees met uitgestoken vinger naar de half ingevulde kaart op het bureau van de jonge arts.
'Mijn naam heeft u al. Ik ben rechercheur van politie, verbonden aan het bureau Warmoesstraat, hier in Amsterdam.' Hij maakte een verontschuldigend gebaartje. 'Ik had u dat al steeds willen vertellen, maar u was zo beroepsmatig bezig, dat ik daartoe...'
Dokter Haanstra onderbrak hem fel.
'U had zich bij uw binnenkomst onmiddellijk als rechercheur moeten legitimeren,' sprak hij streng bestraffend. 'Dat is uw plicht. U... eh, u ontfutselt mij vertrouwelijkheden over mijn patiënten.'
De Cock trok gelaten zijn schouders op.
'Ik vroeg u of u van zijn verdwijning op de hoogte was en daarop heeft u niet geantwoord.'
Dokter Haanstra schudde heftig zijn hoofd.
'Nee, dat was ik niet. Dat is voor mij een volkomen verrassing. Volgens mij vertoeft de heer Vreedenbergh op de Bahama's. Met vakantie.'
De Cock keek hem onderzoekend aan.
'Heeft de heer Vreedenbergh u gezegd dat hij met vakantie zou gaan? Ik bedoel... in verband met de medicijnen die u hem voorschrijft?'
Dokter Haanstra toonde een lichte aarzeling.
'Ja, ja, dat heeft hij mij gezegd. Ik had het hem trouwens ook aangeraden om met vakantie te gaan. Het was voor zijn totale gesteldheid wel eens goed dat hij er een tijdje tussenuit ging.'

De Cock knikte begrijpend.
'Waarom de Bahama's?'
Dokter Haanstra wuifde wat geagiteerd.
'De keuze lag aan hem,' riep hij wrevelig. 'Hij had voor mijn part ook naar Texel mogen gaan of naar Schiermonnikoog.' Hij zweeg even en drukte zijn volle lippen op elkaar. In zijn blauwe ogen kwam een waakzame blik. 'Wie zegt, dat de heer Vreedenbergh is verdwenen?'
De Cock tikte mij een kromme vinger op zijn borst.
'Ik.'
De jonge dokter reageerde hautain.
'U?' vroeg hij minzaam. 'U hebt zomaar het idee opgevat dat de heer Vreedenbergh is verdwenen en valt mij daarmee lastig?'
De cynische toon deerde de oude rechercheur niet. Hij had de stellige overtuiging, dat de jonge dokter meer wist dan hij losliet. Speurend blikte hij om zich heen. Binnen zijn handbereik stond op het bureau van de arts een bruin kistje met witte kaarten. Plastic greepjes met een alfabet staken erbovenuit. Met scherpe blik stelde hij vast, dat tussen de grijze hardkartonnen afscheidingen achter de letter 'V' slechts een klein aantal kaarten was gevat.
Hij liet de vraag van de jonge dokter onbeantwoord en wees opnieuw naar de half ingevulde kaart met het hoofdje 'De Cock'.
'Maakt u van iedere patiënt zo'n kaart?'
'Zeker.'
'Ook van de heer Vreedenbergh?'
Dokter Haanstra verbleekte. Het zachte roze verdween van zijn gezicht. Wat aarzelend reikte zijn hand naar het kistje schuin voor hem.
De Cock reageerde sneller. In een flitsende beweging had hij het kistje buiten bereik van de jonge dokter geschoven en het plukje V-kaartjes er uitgelicht. Eén voor één gleden ze door zijn vingers. Toen de laatste kaart uit zijn handen was gevallen, stond hij op. Dreigend liep hij op de arts toe.
'Dokter Haanstra... de kaart van de heer Vreedenbergh is er niet meer bij.'

15

De Cock liep van de Keizersgracht terug naar de Warmoesstraat. Hij was somber gestemd. Het gesprek met de jonge arts had hem niet bevredigd. Het vage antwoord van de dokter, dat hij niet wist hoe en waarom de kaart van de heer Vreedenbergh uit de patiëntenbak was verdwenen, gaf hem te denken. Dokter Haanstra wist meer. Die overtuiging had hij. De vraag was: wat? Waarom was de arts zo weinig mededeelzaam? Zat hij mee in het komplot? En wat was dan zijn rol?

Het begon te regenen. Een indringend miezerig motregentje deed de straten glimmen. De Cock zette de kraag van zijn regenjas omhoog en drukte zijn oude hoedje iets naar voren.

Amsterdam is het mooist als het regent. Als de stad onder een grauw wolkendek ligt bedolven... als de geveltjes spiegelen in het asfalt... sprankelt Amsterdam.

Hij had deze regels van een enthousiaste columnist eens gelezen en onthouden. Hij blikte om zich heen; zag een eenzaam dobberende meeuw in een vervuilde gracht en een wegglijdende rondvaartboot tegen het troosteloze decor van druipende iepen. 'Amsterdam is mooi,' sprak hij hardop. Maar het klonk niet overtuigend.

Via de Gasthuismolensteeg en de Paleisstraat sjokte hij naar de Dam. Toen hij over de kleine steentjes liep, vlogen de duiven voor hem op.

Bij een verlaten, natgeregende bank bleef hij staan. Hoelang was het geleden dat hij hier Marlies van Haesbergen had opgemerkt en de oude conciërgevrouw was gevolgd naar het reisbureau aan het Koningsplein... een eeuwigheid, of slechts twee dagen?

Hij vroeg zich opnieuw af of hij haar dood had kunnen voorkomen, maar staakte het zoeken naar een antwoord, omdat het zinloos was. De mens wikt, maar God beschikt. Dat was ook een kreet van zijn oude moeder. De Cock was er niet zo zeker van. Er waren mensen, die niet op Gods beschikking wensten te wachten en zelf het recht namen om te oordelen over leven en dood. Het waren dergelijke lieden, die een rol speelden in de macabere dans rond... ja, rond wat? Wat was de inzet?

Hij probeerde zich een beeld te vormen van de verdwenen heer Vreedenbergh. Het fotootje in het paspoort, dat hij nog steeds bij

zich droeg, gaf weinig uitsluitsel. Een wilskrachtig gezicht met de markante trekken van een eigenzinnig mens. Xaveria van Breevoorde had hem nog het duidelijkst geschetst; een ouderwetse man met een tomeloze energie en een open, ongecompliceerd karakter. Een man, die om miljardenopdrachten te vergaren, kwistig, als een gulle Sinterklaas met bankbiljetten van duizend dollar strooide. Lag hier het motief?
Ineens doorstroomde hem een gevoel van blijheid. Het was alsof plotseling in het donkere gat van zijn denken een lichtpuntje gloorde, alsof het grauwe wolkendek boven hem uiteen dreef en een priemend zonnestraaltje in zijn nek prikte. Hij likte een regendruppel van zijn bovenlip en hij liep zoet grijnzend verder.

Met een droevig gezicht schudde Vledder zijn hoofd.
'Ben Kreuger had niets aan de vingerafdrukken van Karel Koperman. Hij had in de conciërgewoning aan de Keizersgracht alleen een paar greepjes en enkele vingertjes gevonden van de oude mevrouw Van Haesbergen en haar nicht. Verder waren er alleen handschoensporen.'
De Cock knikte begrijpend.
'Van de moordenaar,' sprak hij triest. Hij liet zich in de stoel achter zijn bureau zakken. 'Wat heb je met de sjaal gedaan?'
Vledder schoof een lade van zijn bureau open.
'Ik heb hem voorzichtig, met een tangetje, in een plastic zak gedaan.' Hij legde hem voor zich neer. 'Ik heb gedacht om hem naar het Gerechtelijke Laboratorium in Den Haag te sturen. Maar we kunnen er ook mee stunten.'
De Cock keek hem wat schuins aan. 'Stunten?'
Vledder knikte.
'We kunnen hem gebruiken bij een sorteerproef met een speurhond. Als Mooie Karel de sjaal in zijn handen heeft gehad, dan hebben we misschien een kansje.'
De Cock trok een bedenkelijk gezicht.
'Dat lijkt mij in ons geval niet zinvol. Althans... nog niet. We kunnen dat beter bewaren tot we de zaak hebben opgegeven... tot we er totaal geen gat meer in zien. Het gebruik van de sjaal voor een sorteerproef is een noodsprong.' Hij stak docerend zijn wijsvinger omhoog. 'Al zou een speurhond hem aanwijzen, dan is dat voor de wet misschien een aardige hint naar het daderschap...

maar beslist geen bewijs. En Mooie Karel is doorgewinterd genoeg om zich niet te laten afbluffen.'
Vledder trok zijn kin iets op.
'Hoe wil je hem dan achter slot en grendel krijgen? Wachten tot hij een nieuwe moord pleegt... en dan hopelijk een foutje maakt?'
De bittere toon ontging De Cock niet. Hij stond van zijn stoel op en boog zich voorover.
'Ken jij het volgende slachtoffer?'
De jonge rechercheur liet zijn hoofd wat zakken.
'Het is zo frustrerend,' sprak hij timide. 'Om moedeloos van te worden. Ik heb niet het flauwste vermoeden wat er achter die affaire steekt.' Hij keek op. 'Wist die dokter nog iets?'
De Cock knikte traag.
'Hij wist wel iets. Misschien zelfs heel veel. Hij wilde alleen niets loslaten.'
Vledder keek hem ongelovig aan.
'Die Haanstra?'
'Ja.'
'Wat kan hij weten?'
De Cock antwoordde niet. Hij had op de gang wat geschuifel gehoord. Nu werd er op de deur geklopt.
Vledder riep: 'Binnen.'
Het duurde enkele seconden. Toen werd de deur geopend en verscheen in de deuropening een korte, wat gezette man van rond de vijftig jaar. Hij droeg een bruin slobberig kostuum van grove tweed. Terugwijkend dun zwart haar lag vet glimmend tegen zijn schedel geplakt. Zijn gebronsd gelaat was rond en pafferig, met diepe wallen onder iets uitpuilende ogen. Zwaar ademend liep hij op de grijze speurder toe.
'U bent rechercheur De Cock?'
'Inderdaad.'
De man plukte met duim en wijsvinger een witte zakdoek uit zijn broekzak en wiste het zweet van zijn voorhoofd.
'Ik wil u spreken.'
De Cock wenkte naar de stoel naast zijn bureau.
'Neemt u plaats.'
De man aarzelde. Schichtig blikte hij in de richting van de jonge rechercheur.
'Onder vier ogen.'

De Cock schudde resoluut zijn hoofd. 'Dat is mijn collega Vledder. Hij kan horen, zien en... zwijgen.'
Duidelijk teleurgesteld ging de man zitten.
'Mijn mededelingen zijn nogal van vertrouwelijke aard. Ik wil liever geen... eh.'
'Getuigen?'
De man maakte een afwerend gebaartje.
'Zo bedoel ik het niet. Ik zou niet graag willen dat er iets van ons gesprek uitlekte. Niemand weet ook, dat ik hier ben.'
'U wilt anoniem blijven?'
De man schudde zijn hoofd.
'Dat is niet nodig. U mag gerust weten wie ik ben. Mijn naam is Middelkoop... Henri Middelkoop. Ik ben een van de directeuren van de baggeronderneming Vreedenbergh aan de Keizersgracht.'
De Cock ging tegenover hem zitten. Achteloos wuifde hij in zijn richting.
'En zojuist terug van de Bahama's.'
De heer Middelkoop keek verschrikt naar hem op.
'U... eh, u vergist zich. De heer Vreedenbergh is op de Bahama's. Ik was een paar dagen, voor een korte vakantie, in Zuid-Frankrijk.'
De Cock glimlachte wat verlegen.
'Neemt u mij niet kwalijk.'
De heer Middelkoop pakte opnieuw zijn zakdoek en verschoof iets op zijn stoel. 'Er moeten,' sprak hij wat aarzelend, 'tijdens mijn afwezigheid, in het kantoor van onze onderneming, vreemde dingen zijn gebeurd. Vooral de plotselinge dood van mevrouw Van Haesbergen heeft mij sterk aangegrepen.'
De Cock keek hem strak aan.
'En de verdwijning van de heer Vreedenbergh?'
De heer Middelkoop friemelde met kleine dikke vingers aan zijn stropdas. Hij was zichtbaar nerveus.
'Ik... eh, ik heb begrepen, dat u daarover bepaalde theorieën hebt ontwikkeld.'
'Zoals?'
'Dat de heer Vreedenbergh zou zijn overleden.'
De Cock fronste zijn wenkbrauwen.
'Wie heeft dat gezegd?'
'Mr. Schaaps.'
De Cock reageerde verrast.

'De Officier van Justitie?'
De heer Middelkoop knikte. 'Ik ken de heer Schaaps al geruime tijd. In verband met de gruwelijke dood van mevrouw Van Haesbergen heb ik mij met hem in verbinding gesteld. Ik wil per se, dat die vreselijke moord wordt opgelost.'
De Cock vocht tegen een opkomende woede. 'En de heer Schaaps zei u, dat ik de moord op mevrouw Van Haesbergen in behandeling had en vertelde terloops, dat in mij het dwaze idee had postgevat, dat de heer Vreedenbergh niet meer tot de levenden behoorde?' Hij had het sarcasme in zijn toon niet kunnen onderdrukken.
De heer Middelkoop zuchtte diep.
'Zo... ongeveer... ja.' Hij knikte een paar keer. 'Bovendien heb ik van de heer Van der Grauw begrepen, dat u zijn bewering, dat de heer Vreedenbergh met vakantie op de Bahama's was, niet serieus nam... daaraan zichtbaar twijfelde.'
De Cock knikte nadrukkelijk.
'Dat had de heer Van der Grauw goed gezien.'
De heer Middelkoop boog zich vertrouwelijk naar hem toe. 'Rechercheur... men heeft mij uitdrukkelijk verzekerd, dat u een bekwaam man bent, die zijn sporen heeft verdiend... niet iemand die lichtvaardig conclusies trekt. Kunt u mij zeggen, waarop uw... eh, uw twijfels zijn gebaseerd?'
De Cock grijnsde breed. De toon van de directeur prikkelde hem. 'Ik kan u dat wel zeggen,' sprak hij lijzig, 'maar ik geloof niet dat het verstandig zou zijn.'
De heer Middelkoop spreidde zijn beide handjes. 'Ik ben directeur. Ik draag verantwoording. Ik wil weten wat er om mij heen gebeurt. Dat moet u toch kunnen begrijpen.'
'Dat begrijp ik ook,' sprak De Cock traag. 'Maar zolang mijn onderzoek in deze affaire nog niet is afgerond, doe ik geen mededelingen.'
De heer Middelkoop vatte opnieuw zijn zakdoek en acteerde als een wanhopig man. 'U kunt mij toch in vertrouwen nemen,' riep hij smekend. 'Misschien kan ik u bij uw onderzoek helpen? Ik ken het bedrijf van haver tot gort. Ik ben er in groot geworden. Al meer dan vijfentwintig jaar ben ik bij de onderneming in dienst.'
De Cock keek de man voor hem onderzoekend aan. Hij vroeg zich af of de zorg en de wanhoop, die de man etaleerde, echt waren of gespeeld.

'Hoelang is de heer Van der Grauw directeur?'
'Drie jaar.'
'Komt hij ook uit het bedrijf voort?'
De heer Middelkoop schudde zijn hoofd.
'De heer Vreedenbergh heeft hem geïntroduceerd. Hij meende, dat Van der Grauw mogelijk voor nieuwe impulsen zou kunnen zorgen.'
'Ging het slecht met de onderneming?'
'Nee, nee... zeker niet. Onze orderportefeuille is steeds goed gevuld.'
De Cock glimlachte.
'Dank zij de heer Vreedenbergh.'
'Inderdaad. Hij heeft veel relaties. Vooral in het Midden-Oosten.'
'Wie heeft er belang bij zijn dood?'
De heer Middelkoop keek hem wat verward aan.
'Belang?'
'Ja... wie profiteert ervan.'
De wat uitpuilende ogen van de directeur werden groot.
'Xaveria,' slikte hij, 'Xaveria van Breevoorde... zij erft zijn gehele vermogen.'

16

Het antwoord van de corpulente directeur had De Cock niet verrast. Hij had min of meer verwacht, dat geld in de affaire een belangrijke rol speelde. Secondenlang staarde hij de heer Middelkoop aan. Onderwijl werkten zijn hersenen op volle toeren.
'Xaveria van Breevoorde,' herhaalde hij traag, 'erft het gehele vermogen van de heer Vreedenbergh?'
Het was een vraag om tijdwinst.
'Ja.'
'Hoe weet u dat?'
'De heer Van der Grauw en ik hebben van notaris Van Suchtelen aan de Herengracht een afschrift van het testament toegezonden gekregen.'
'Wanneer?'

'Ongeveer een maand geleden?'
'En voordien had de heer Vreedenbergh niets over zijn voornemen laten weten?'
De heer Middelkoop schudde zijn hoofd.
'Het onderwerp is nooit ter sprake gekomen. Het testament kwam als een donderslag bij heldere hemel. We hadden dat nooit verwacht.'
De Cock keek hem schuins aan.
'Wat had u dan verwacht?'
De heer Middelkoop antwoordde niet. Het leek alsof hij de vraag van De Cock niet had gehoord. Nerveus plukte hij met zijn dikke vingertjes aan de revers van zijn colbert. Op zijn gezicht lag een smartelijke trek.
De grijze speurder boog zich naar hem toe.
'Wat had u dan verwacht?' herhaalde hij dwingend.
De heer Middelkoop slikte.
'Ik... eh, ik leefde in de overtuiging, dat de heer Vreedenbergh in ieder geval het voortbestaan van de onderneming zou garanderen.'
'Dat was niet het geval?'
'In het testament staan geen bepalingen, die daarop wijzen. Xaveria van Breevoorde is universeel erfgename. De onderneming, die toch zijn naam draagt, wordt niet als begunstigde genoemd... in geen enkel opzicht. Die juffrouw Van Breevoorde kan doen wat zij wil. Als ze na de dood van de heer Vreedenbergh alle aandelen tegelijk op de markt brengt, dan is dat een catastrofe, fataal voor de onderneming.'
'Doet ze dat?'
'Dat weet ik niet.'
'Kent u haar?'
'Nee.'
'En de heer Van der Grauw?'
De heer Middelkoop zuchtte diep.
'Het privé-gedrag van de heer Van der Grauw interesseert mij niet.'
De Cock schudde bestraffend zijn hoofd.
'Dat was mijn vraag niet,' reageerde hij scherp. 'Ik vroeg u of de heer Van der Grauw de in het testament genoemde Xaveria van Breevoorde kent?'
De heer Middelkoop vatte opnieuw zijn zakdoek en wiste zich het

zweet van zijn voorhoofd. De snelle vragenreeks van de rechercheur geselde hem. Voortdurend probeerde hij de blik van De Cock te ontwijken.
'Ik... eh, ik neem het aan,' sprak hij zacht.
'Waarom?'
De heer Middelkoop schoof op de zitting van zijn stoel heen en weer; de verfrommelde zakdoek in zijn hand.
'Toen... eh, toen Van der Grauw eens, in mijn bijzijn, het testament van Vreedenbergh doorlas, smeet hij het stuk plotseling met een rood hoofd naar een hoek van zijn kamer en riep kwaad: Dat loeder.'
'Dat loeder?'
'Ja.'
De Cock plukte aan het puntje van zijn neus.
'Een karakteranalyse.'
'Zo zou u het kunnen noemen... op basis van persoonlijke ervaring.'
De Cock zweeg enige tijd. Hij bespeurde bij zichzelf gevoelens van medelijden. Daarom liet hij de directeur wat tot zichzelf komen. Toen hij opnieuw sprak, was zijn toon vriendelijker, minder hard, en om zijn mond speelde een glimlach.
'Hoe... eh, hoe was uw vakantie in Zuid-Frankrijk?'
De heer Middelkoop reageerde wat verward.
'Uitstekend... ja, uitstekend.'
De Cock grijnsde een tikkeltje gemeen. 'Ik weet niet of u voor dit jaar nog verdere vakantieplannen heeft. Ik zou u een bezoek aan de Bahama's kunnen aanraden. Ik ken daar een voortreffelijk hotel... Out Island Inn... in George Town op Great Exuma.'

Toen de directeur puffend, blazend en buigend was vertrokken, keek Vledder de grijze speurder nadenkend aan.
'Ik begrijp niet goed waarom je hem dat hotel in George Town aanbeveelt.'
'Dat geeft niet,' bromde De Cock afwijzend. 'Als de heer Middelkoop het maar begrijpt.'
'En dan nog iets.'
'Wat?'
'Waarom was de heer Van der Grauw vanmorgen nog bij 'dat loeder' op bezoek?'

De Cock stond van zijn stoel op. Lachend liep hij op Vledder toe en legde vertrouwelijk een hand op zijn schouder.
'Je bent een fenomeen. Ogenblikken van diepe duisternis wissel je onmiddellijk af met momenten van schitterend inzicht en helderheid.'
Het gezicht van de jonge rechercheur betrok.
'Jij wilde de heer Middelkoop duidelijk maken,' pruilde hij, 'dat je niet gelooft dat hij met vakantie in Zuid-Frankrijk was... maar op de Bahama's.'
De ogen van De Cock straalden van bewondering.
'Dick, ik ben dat moment van duisternis alweer vergeten.'
Vledder zwaaide geëmotioneerd. 'Maar dan zit hij er toch bij in? Dan is hij toch bij die hele affaire betrokken?'
De Cock antwoordde niet. Hij slenterde naar de kapstok en greep zijn hoedje.
Vledder liep hem na.
'Waar ga je heen?'
De Cock draaide zich half om.
'Naar de Herengracht... naar notaris Van Suchtelen... vragen waarom hij...' Verder kwam hij niet. Er werd weer op de deur geklopt. Met een zucht legde De Cock zijn hoedje op de kapstok terug en riep geprikkeld: 'Ja, binnen'.
Toen de deur openging, stond in de deuropening een wat gezette vrouw in te opzichtige kleding.
De uitdrukking op het gezicht van De Cock veranderde. Blij liep hij op haar toe.
'Dikke Nel... kom, ga zitten.'
De vrouw wiegde aan hem voorbij en nam plaats op de stoel die de oude rechercheur haar aanbood.
'Heb je het toch gewaagd?' vroeg hij vriendelijk.
'Wat?'
'Om naar de Kit te komen? Ik dacht dat je dat niet graag deed?'
Dikke Nel schudde haar hoofd. 'Dat doe ik ook niet. Als luitjes uit de buurt je hier beneden bij de deur zien staan, denken ze al gauw dat je een versliegeraarster bent. Het is, dat Smalle Lowietje geen vervangend mannetje voor achter de tap kon vinden, anders was ik niet gekomen.'
De Cock knikte begrijpend.
'Smalle Lowietje stuurt je?'

'Ja.'
'Heb je nieuws?' vroeg hij gretig.
Dikke Nel boog zich vertrouwelijk naar voren; haar zware borsten steunden op de rand van het bureau. Op haar vlezig gezicht lag een zorgelijke trek. 'De Cock,' vroeg ze smekend, 'weet je al iets van Archie?'
De Cock liet zijn hoofd iets zakken. Hij zuchtte en plooide zijn breed gelaat in een uitdrukking van oprechte smart. Langzaam schudde hij zijn hoofd. 'Nog niets.' Hij keek naar haar op. 'Het duurt te lang, Nel,' sprak hij hees. 'Dat is niet goed.'
'Je bedoelt?'
'Dat we al lang iets van hem hadden moeten horen.'
Haar ogen vulden zich met tranen.
'Je denkt, dat hij...'
De Cock liet haar niet uitspreken. Hij knikte traag voor zich uit. 'Ik wil weten wat er met die jongen is gebeurd. En ik zal aan de verdwijning van jouw Archie blijven werken, zo lang als ik kan. Dat beloof ik. Maar ik zeg je eerlijk... voorlopig weet ik nog niet precies in welke richting ik het moet zoeken.'
Dikke Nel wreef met de rug van haar hand langs haar ogen. De tranen hadden haar make-up verveegd. Ineens kwam op haar gezicht een harde trek. Haar lippen vormden een smalle lijn. 'Als dat brok ellendeling er debet aan heeft,' siste ze, 'als hij die jongen iets heeft aangedaan... dan maak ik hem koud. De Cock, dat bezweer ik je. Ik hoop, dat je mij vijf minuten geeft. Dan neem ik hem even onder handen, voordat jij hem aan jouw slappe rechters kunt uitleveren. Dan komt er toch geen moer van terecht.'
De Cock keek haar onderzoekend aan.
'Over wie heb je het, Nel?'
Ze snoof verachtelijk.
'Mooie Karel.'
De Cock blikte niet-begrijpend in haar ogen. 'Hoe... eh, hoe kom je erbij, dat Mooie Karel iets met de verdwijning van jouw Archie te maken heeft?'
'Hij is Buck Jones.'
'Wat?'
Dikke Nel knikte heftig.
'Hij is die oudere man, met wie Archie de laatste tijd zo intiem optrok. Ik zei je toch al dat hij mij zo bekend voorkwam.'

De Cock reageerde scherp.
'Hoe weet je dat?'
Ze maakte een korte hoofdbeweging naar het raam.
'De Smalle... hij is bij Tattoo Peter geweest.'
De Cock kneep zijn ogen van verbijstering dicht.
'Het getatoeëerde zwaard,' hijgde hij.
De boezem van Dikke Nel deinde heftig.
'Mijn Archie en Mooie Karel.'

De Cock bracht een ontredderde Dikke Nel naar de wachtcommandant en vroeg of hij een mannetje bij de hand had om haar naar huis te begeleiden. Toen hij terugkwam in de recherchekamer keek Vledder hem met open mond aan.
'De Cock, weet je wat dat betekent, dat Mooie Karel... en de Buck Jones van Zwarte Archie... één en dezelfde persoon zijn?'
'Nou?'
'Dat Mooie Karel ook betrokken is bij het plan om iemand te gijzelen.'
De Cock knikte instemmend.
'Inderdaad. Op basis van de verklaringen van Dikke Nel kunnen we er van uitgaan, dat Mooie Karel van het doen en laten van Zwarte Archie volkomen op de hoogte was. Gezien het weinig dominerende karakter van de zoon van Dikke Nel, is het aan te nemen dat Mooie Karel de geestelijke leider was en dat het handelen van Zwarte Archie, de aankoop en het vertimmeren van de oude directieschuit... op zijn aanwijzingen gebeurde.'
Vledder beet op zijn onderlip.
'Zou Mooie Karel het werkelijke brein zijn achter de gijzelingsoperatie?' In zijn stem trilde ongeloof. 'Ik heb hem even gezien. Op de gracht. Hij leek mij meer gewelddadig dan intelligent.' Hij gniffelde. 'Ik begrijp ook niet waarom ze hem 'Mooie' Karel noemen. Ik heb in die grove kop van hem weinig fraaie of nobele trekken kunnen ontdekken.'
De Cock glimlachte.
'Zijn moeder was het type van een ouderwetse hoerenwaardin. Ik heb haar nog wel gekend. Ze had een pandje op de Achterburgwal bij de Oude Kennissteeg. Haar werkelijke naam luidde Mathilde Koperman. Maar een ieder noemde haar Poolse of Joden Mappie. Waarom weet ik niet. Ze had kinderen van diverse mannen. Soms

in een huwelijkse band, meest niet. Voor Mappie gold slechts één kind... haar Kareltje, die ze wurgde met haar liefde. Ze was bezeten van het ventje. En hoewel het kereltje zo lelijk was als de nacht, riep ze steeds vertederd: 'Mijn Mooie'.'
Vledder knikte begrijpend.
'Dus... voor de buurt... Mooie Karel.'
'Precies... ondanks zijn gehavend uiterlijk.'
De jonge rechercheur keek hem peinzend aan.
'Weet je wat ik nog steeds niet snap?'
'Zeg het,' zei De Cock met een uitnodigend gebaar.
'Waarom Mooie Karel ons die morgen op de gracht vertelde, dat hij in Den Haag voor een kraak was opgepakt en een paar maanden op staatskosten had gelogeerd. Dat was toch dom? We hadden dat heel gemakkelijk kunnen controleren.'
De Cock knikte.
'Ik denk, dat Mooie Karel van mijn opmerking, dat ik hem een tijdje had gemist, was geschrokken en dat 'een paar maanden bajes' de beste smoes was, die hij kon bedenken. Als hij ons direct had verteld dat hij in Zuid-Ierland op Thundering Heights als huisbewaarder had gefungeerd, dan hadden wij onmiddellijk zijn relatie tot de verdwenen heer Vreedenbergh ontdekt.'
Vledder stak zijn kin naar voren.
'Een relatie, die hij onder geen beding openbaar wilde maken en daarom...' Hij zweeg even en dacht na. 'Waarom... waarom mochten wij niet weten, dat hij de heer Vreedenbergh kende?' vroeg hij toen.
De Cock grinnikte.
'Als we dat wisten, waren we vermoedelijk heel dicht bij de oplossing.'
Vledder boog zich iets naar voren en wreef zich met een van pijn verwrongen gezicht achter in zijn nek. Hij worstelde duidelijk nog met een paar problemen.
'Toch zie ik nog steeds niet in,' sprak hij wat weifelend, 'waarom Archibald Benschop van het aardse toneel moest verdwijnen.'
De Cock keek naar hem op. 'Je gaat er dus ook van uit dat hij dood is?'
'Ja, daar ga ik van uit. Ik denk, dat ook Smalle Lowietje die gedachte is toegedaan, anders had hij niet zoveel tamtam gemaakt. Wat *mij* zo bezighoudt is de vraag 'waarom'.'

'Misschien wist hij te veel.'
Vledder schudde wild zijn hoofd.
'Waarvan?' riep hij onbeheerst. 'Waarvan wist hij? Het plan is nooit uitgevoerd. Er heeft nooit een gijzeling plaatsgevonden. Het directieschuitje ligt nog steeds ongebruikt aan de Amstel bij Zorgvlied. Begrijp je, De Cock, hoe je het ook beziet, er bestond geen enkele reden om Zwarte Archie te laten verdwijnen. Integendeel, hij had nog nuttige hand- en spandiensten kunnen verrichten.'
'Zoals?'
Vledder gebaarde achteloos.
'Het bewaken en verzorgen van de gegijzelde. Het transporteren... verleggen van de directieschuit om opsporing te bemoeilijken.'
De Cock maakte een grimas.
'Dat zijn allemaal taken,' sprak hij zoet zalvend, 'die bij een werkelijk gepleegde gijzeling behoren. Maar je merkte zelf al op, dat er geen gijzeling heeft plaatsgevonden.'
De opmerking prikkelde Vledder zichtbaar.
'Dat kon toch nog,' riep hij geïrriteerd. 'De plannen waren er. De uitvoering moest nog komen. En bij die uitvoering kon men de hulp van Zwarte Archie best gebruiken. In dit licht bezien was het laten verdwijnen van de jongeman een zinloze daad.'
De Cock zuchtte diep.
'Je gaat te veel van een mogelijke gijzeling uit.'
Vledder keek verwonderd op.
'Waar wil je dan van uitgaan?'
'De begrafenis.'
'Welke begrafenis?'
De Cock zuchtte om het onbegrip.
'Wat was Archie's probleem?' vroeg hij geduldig. 'Denk eens goed aan wat Archie, kort voor zijn verdwijning, tegen een paar penozejongens in het café van Smalle Lowietje zei.'
Het duurde enige tijd. Toen lichtten de ogen van de jonge rechercheur fel op.
'Waar-kan-je-het-beste-een-dooie-begraven.'
De Cock keek hem secondenlang aan.
'Word je wakker?' vroeg hij sarcastisch. Hij stond van zijn stoel op. 'En laat nu je hersenen nog even aan het werk.' Hij draaide zich om en slenterde met lome tred naar de kapstok. Zijn hand reikte naar zijn hoedje.

Op dat moment rinkelde de telefoon.
Vledder nam de hoorn en luisterde.
Van een afstandje keek De Cock toe. Hij zag hoe het gezicht van de jonge rechercheur verbleekte. Langzaam liep hij terug.
Toen Vledder de hoorn weer op het toestel had gelegd, keek De Cock hem vragend aan.
'Wat is er?'
Vledder hijgde.
'Dr. Haanstra is dood.'
'Vermoord?'
Vledder knikte traag.
'Gewurgd... met een sjaal.'

17

Vledder stormde onbesuisd met drie treden tegelijk de trap af. De Cock trok de ceintuur van zijn regenjas wat strakker en kwam hem kalm na. Beneden in de hal bleef de jonge rechercheur op hem wachten. Toen ze aan de balie voorbij trokken, wenkte de wachtcommandant hen met een kromme vinger.
'Gaan jullie naar die dooie dokter?'
De Cock keek hem wat verstoord aan.
'Ja... is er nog wat?'
Jan Kusters zwaaide met een somber gezicht naar een reeks aantekeningen op zijn bureau. 'Moet je eens zien,' sprak hij triest. 'Allemaal verzoeken om assistentie. Dat verdomde personeelstekort. Het wordt tijd dat ze in Den Haag een paar blikken met agenten voor ons opentrekken. Het is gewoon geen doen. Ik heb geen man meer in de wachtkamer.' Hij keek op. 'Er staat een politiewagentje bij die dokter voor de deur. Als jullie er zijn... stuur dan die dienders terug.'
De Cock knikte begrijpend.
'Waarschuw jij voor mij dan vast de meute. Zonder een wagentje daar heb ik geen communicatie.'
'Okee, dat doe ik.'
Ze stapten van de balie weg en liepen het bureau uit.

Buiten wilde Vledder direct in een gereedstaande politie-auto stappen, maar De Cock riep hem terug.
'Laat dat ene wagentje nu maar staan voor de wachtcommandant. Hij kan het misschien beter gebruiken dan wij. Kusters heeft het al moeilijk genoeg. Bovendien zijn we in de binnenstad te voet veel sneller.'
Vledder klapte het portier dicht.
'Met jouw sukkelgangetje?' Het klonk wat misprijzend.
'Dood is dood,' zei De Cock achteloos. 'Daar valt niets meer aan te doen.' Hij keek de jonge rechercheur van terzijde aan. 'Of bezit jij de gave om dooie dokters weer tot leven te wekken?'
Vledder antwoordde niet, maar liep mokkend vooruit. De jonge rechercheur had altijd wat moeite met de gezapige slentergang waarmee De Cock zich gewoonlijk voortbewoog.
De oude rechercheur lichtte in het voorbijgaan zijn hoedje voor een piepjong heroïnehoertje. Hij had het schriele vrouwtje de laatste maanden vele malen met een afwezige blik in haar ogen in de grote recherchekamer zien zitten, wachtend op haar verhoor. Hij wist dat ze van Duitse origine was, maar kon zich haar naam niet herinneren. Hij draaide zich half om en keek haar peinzend na.
Het was de laatste jaren bijna ondoenlijk om de ontwikkeling bij te houden. Het koor van verslaafden groeide met de dag. Een onoplosbaar probleem... zeker voor de Amsterdamse recherche, die de stroom van criminaliteit, die de verslaving met zich meebracht, bijna niet meer kon verwerken. Langs zijn lippen gleed een moede glimlach. Een taak voor een volgende recherchegeneratie? Hij bedacht het bitter en telde op zijn vingers de jaren die hem nog van zijn pensionering scheidden.
Langzaam slenterde hij verder. Op de hoek van de Warmoesstraat stond Vledder popelend te wachten. Zijn jong gezicht zag rood.
'We zijn op weg naar een moord,' sprak hij hard. 'Herinner je je nog?'
De Cock knikte gelaten.
'Ik weet het... een dooie dokter.'

Op de Keizersgracht beklommen de beide rechercheurs de blauwstenen treden naar het bordes. Voor de deur stond wat verveeld een jonge diender. Toen hij De Cock in het oog kreeg, deed hij haastig een stap naar voren en tikte ter begroeting aan de klep van zijn pet.

'Ze zit in de wachtkamer.'
De oude rechercheur keek hem niet begrijpend aan.
'Wie?'
De jonge diender duimde over zijn rug.
'De werkster... ik... eh, ik bedoel, de interieurverzorgster, die de moord heeft ontdekt. Ze heeft een sleutel van dit pand. Toen ze hier vanavond om acht uur kwam om binnen de boel wat op te redderen, bemerkte ze dat de deur niet was afgesloten. Ze vond dat vreemd. Het gebeurt nooit. Die buitendeur is altijd op slot. Ze dacht aanvankelijk aan inbrekers en was van plan om onmiddellijk de politie te waarschuwen, maar toen ze geen sporen van braak zag, bedacht ze dat de dokter misschien vergeten was om de deur af te sluiten en ging naar binnen.'
'Toen vond ze hem.'
'Ja.'
'Heb je haar naam?'
'Anne-Marie Schild, oud zevenenvijftig jaar. Ongehuwd. Ze werkt al voor de dokter zolang hij hier op de gracht zijn praktijk heeft.'
De Cock knikte.
'Gegevens van het slachtoffer?'
'Haanstra... meer heb ik niet.'
'Binnen iets aangeraakt?'
De jonge diender schudde zijn hoofd.
'Ik heb er nog een moment over nagedacht om naar identiteitspapieren van de dode te zoeken. Dat heb ik maar niet gedaan. Het leek mij niet zo verstandig. Verder behoefden wij nergens aan te komen. Je kon al van een afstandje zien, dat hij hartstikke dood was. Er zit een sjaal om zijn nek en zijn tong hangt uit zijn mond. Niet zo prettig om te zien.' Hij zuchtte even. Daarna keek hij de oude rechercheur vragend aan. 'Moet ik nog iemand voor u waarschuwen?'
De Cock schudde zijn hoofd.
'De wachtcommandant zou er voor zorgen dat de meute kwam. Hij vroeg of ik jullie direct wilde terugsturen. Het is druk aan de Kit. Hij heeft jullie nodig.'
De jonge diender draaide zich om en liep het bordes af, op weg naar zijn nog jongere collega in de politie-auto aan de wallekant. Intussen bekeek De Cock nog eens het fraaie, koperen schild aan de deur. Het hield zijn blik vast. 'Jee, Ee, Haanstra,' las hij

hardop, 'arts, spreekuren van tien tot twaalf.'
Hij wendde langzaam zijn hoofd naar Vledder. Zijn breed gezicht stond strak. 'Waar denk jij, dat dokter morgen zijn spreekuur houdt... in de hemel of in de hel?'
Dick Vledder grijnsde.
'Volgens mij,' sprak hij cynisch, 'in de hel. Die kans is verreweg het grootst.'
'Waarom?'
Vledder trok zijn gezicht in een ernstige plooi. 'Wees nu eens eerlijk, De Cock, als jij God was... zou jij dan nog mensen in jouw hemel toelaten?'
De grijze speurder antwoordde niet. Hij drukte de donkergroene deur verder open en ging naar binnen.
Vledder volgde.
Terwijl de jonge rechercheur in de wachtkamer met een hevig snikkende interieurverzorgster sprak, liet De Cock zijn scherpe blik door de spreekkamer dwalen. Hij nam alles in zich op... bijna fotografisch... de bruinlederen ligbank met een brede strook papier... de ouderwetse weegschaal met een bascule op borsthoogte... de eiken meetlat aan de deurpost... de dode dokter in de draaistoel achter zijn bureau.
De jonge diender had gelijk. Het was niet zo prettig om te zien. Het gezwollen gelaat met de ver uit de mond hangende tong, de wijd open, in schrik verstarde ogen, boden een angstaanjagend beeld.
De Cock schudde vertwijfeld zijn hoofd. En opnieuw, zoals bij de moord op Marlies van Haesbergen, bekroop hem een gevoel van schuld. Had hij het kunnen voorkomen? Hoewel hij verstandelijk wist, dat hij er niets aan kon doen dat de Nederlandse wetgeving hem geen andere keus liet, knaagde de twijfel aan hem.
Vledder kwam de spreekkamer binnen.
'Ik heb die arme werkster maar naar huis gestuurd,' sprak hij luid. 'Ze was nogal in de war. Ze kent de jonge dokter nog uit zijn kinderjaren. Ze was toen dienstmeisje bij zijn ouders.'
'Wist ze nog wat?'
'Niet meer dan wat ze aan die diender had verteld. Ze deed alleen de suggestie, dat de dokter was vermoord door iemand die buiten het spreekuur om als patiënt een afspraak met hem had gemaakt.'
'Waarop baseert ze dat?'
'Hij had zijn witte jas nog aan. Volgens de werkster haatte Haan-

stra die witte doktersjas, die hij zijn uniform noemde. Hij deed hem zo gauw mogelijk uit. Het liefst liep hij in vrijetijdskleding.'
De Cock wees naar het kistje met patiëntenkaarten op het bureau van de dokter. 'Neem dat straks mee. En snuffel eens rond. Misschien vind je ergens de kaart van de heer Vreedenbergh.'
'Zit die niet in het kistje?'
De Cock grijnsde.
'Nee. Dat heb ik vanmiddag al gecontroleerd.' Hij wuifde naar een half gevulde papiermand naast het bureau. 'Bekijk dat ook even. Als het goed is, vind je daarin een verscheurde kaart met een inktvlekje en linksboven mijn naam.'
Vledder knikte begrijpend. Daarna blikte hij in het dode gezicht van de dokter. 'Hij ziet er niet erg appetijtelijk uit,' sprak hij met opgetrokken neus. 'Om nachtmerries van te krijgen.'
'Hij heeft zich nog verzet.'
'Waaraan zie je dat?'
'Hij zit niet meer in zijn stoel. Hij hangt er in. Volgens mij heeft er nog een korte worsteling plaats gehad. Toen de verwurging van achteren werd ingezet, is de dokter omhooggekomen.'
'En daarna teruggezakt.'
'Precies.'
De jonge rechercheur keek De Cock aan. 'Heb je al enig idee, waarom hij werd vermoord?'
De grijze speurder knikte. 'Ik weet het.'
De mond van Vledder viel half open. 'Jij... jij weet het?'
'Ja.'
Vledder grinnikte ongelovig.
'Zou je mij dan eens even...' Verder kwam hij niet. De deur van de spreekkamer ging open en in de deuropening verscheen Dr. Den Koninghe. Achter hem torenden hemelhoog twee broeders van de geneeskundige dienst met een brancard.
De Cock liep op de lijkschouwer toe.
'U bent weer de eerste.'
Dr. Den Koninghe blikte olijk omhoog.
'Mijn ouders hadden een zaak. Mij is geleerd om je beste klanten goed te bedienen.' Hij schuifelde aan de rechercheur voorbij naar de stoel met de dode dokter. Met zijn handen in de zakken van zijn streepjespantalon, bekeek hij hem langdurig. 'Is hij al gefotografeerd?'

'Nee.'
Dr. Den Koninghe boog zich iets over het slachtoffer heen en drukte de beide oogleden toe. Hij schonk De Cock een milde glimlach. 'Waarom zouden we die arme fotograaf van dat gezicht laten schrikken? Hij is met gesloten ogen al weerzinwekkend genoeg.' Gewoontegetrouw nam hij zijn brilletje af, wipte de witzijden pochet uit de borstzak van zijn jacquet en wreef de glazen schoon. Toen de ceremonie was beëindigd, keek hij op.
'A propos... hij is dood.'
De Cock knikte berustend.
'Dat begreep ik.'
Even aarzelde de oude lijkschouwer. In zijn ogen kwam een peinzende blik.
'Had... eh, had jij een paar dagen geleden ook niet een oude vrouw met... eh, met net zo'n sjaal?'
'Inderdaad.'
Dr. Den Koninghe knikte traag voor zich uit.
'Dat meende ik al.' Hij zweeg even. 'Het zou wijs zijn om naar dezelfde moordenaar te zoeken. Er zijn qua modus operandi duidelijke overeenkomsten.'
'Waarom vermoordt men een dokter?'
Dr. Den Koninghe maakte een onzeker gebaartje.
'Misschien heeft hij een verkeerde diagnose gesteld,' gniffelde hij. 'Dat wil bij doktoren nog wel eens gebeuren.'
'Is het u wel eens gebeurd?'
De lijkschouwer keek op.
'Dat ik zei, dat iemand dood was, terwijl hij nog leefde?'
'Bijvoorbeeld.'
Dr. Den Koninghe schudde zijn hoofd. Hij wierp nog een peinzende blik op de dode. Daarna lichtte hij tot afscheid zijn oude, groen uitgeslagen garibaldi en verliet de spreekkamer.
De Cock keek hem na en zag hoe hij bijna omver werd gelopen door Bram van Wielingen, die onstuimig de kamer binnenstormde. De fotograaf zette zijn aluminium koffer met een plof op het parket en dreunde op De Cock toe.
'Wat moet je hebben?'
'Hoe bedoel je?'
'Welke plaatjes?'
De Cock antwoordde niet. Hij keek Van Wielingen strak aan. 'Wat

is er?' vroeg hij geprikkeld. 'Heb je weer haast? Ik heb de vorige keer ook alleen maar een schim van je gezien.'
Het verhitte gezicht van de fotograaf verzachtte.
'Ik wil nog even naar het ziekenhuis... naar mijn oudste dochter,' sprak hij vriendelijk. 'Ze is gisteren bevallen. Het ging niet zo gemakkelijk. Er waren wat complicaties.' Hij grijnsde van oor tot oor. 'Maar het is een wolk van een jongen. Zeven pond en drie ons.' Hij klopte De Cock enthousiast op zijn schouder. 'En zal ik je eens wat vertellen? Ze hebben het kereltje naar mij vernoemd.'
'Dat schept verplichtingen.'
Bram van Wielingen spreidde zijn beide handen.
'Vind je het niet prachtig?'
De Cock knikte.
'Hoe gaat het met je dochter?'
'Goed, ik denk dat ze er morgen uit mag.'
De Cock wees naar de dode.
'Ik wil alleen maar van hem een paar plaatjes. Zijn gezicht... de sjaal... de knoop... de manier waarop hij in die stoel zit. Dan kan je wat mij betreft wel weer vertrekken.'
Bram van Wielingen schonk hem een dankbare blik. Hij liep naar zijn koffer, pakte zijn Hasselblad en monteerde een flitslicht.
Terwijl de fotograaf de dode in zijn lens nam, sjokte Ben Kreuger de spreekkamer binnen. Hij keek om zich heen. Zijn gezicht stond somber. 'Ik heb met mijn vingertjes de laatste tijd weinig mazzel,' sprak hij triest. 'Het lijkt wel een epidemie... iedere misdadiger gebruikt tegenwoordig handschoenen. Dat komt door al die idiote detectiveromannetjes, die ze...'
Verder kwam hij niet. Achter hen klonk een kreet. Met een witte kaart in zijn hand kroop Vledder bij het bureau van de dokter vandaan.
Strompelend liep hij op De Cock toe.
'Gevonden.'
'In de prullenbak?'
'Nee, onder het bureau bij de muur. Hij moet tijdens de wurgworsteling over het gladde hout zijn weggegleden en achter het bureau zijn gevallen.'
De Cock nam de kaart aan en bekeek hem aandachtig. Het was een zelfde soort patiëntenkaart als de dokter voor hem was beginnen uit te schrijven.

Linksboven stond: K. Ko... meer niet.
Vledder blikte hijgend op.
'Karel Koperman.'

18

Het was al ver na middernacht, toen ze van hun onderzoek in de spreekkamer van Dr. Haanstra aan de Warmoesstraat terugkeerden. Nadat het slachtoffer door de onaangedane broeders van de geneeskundige dienst was weggevoerd, had Ben Kreuger, de dactyloscoop, zich de tijd gegund. Met een absolute wil om dit keer vingerafdrukken te vinden, had hij iedere vierkante centimeter van het vertrek met aluminiumpoeder ingekwast en overgebracht op folie. Toen hij in zijn ijver ook nog aan de wachtkamer had willen beginnen, had De Cock hem met zijn koffertje resoluut de deur gewezen.

Vermoeid liet de grijze speurder zich in zijn stoel zakken, tilde met een verwrongen gezicht zijn beide benen op en legde die met een zucht voor zich op zijn bureau.

'Kreuger is gek,' bromde hij. 'Wanneer hij een hele week lang geen vingerafdrukken heeft kunnen vinden, stort zijn wereld in elkaar.'

Vledder reageerde niet. Hij zwaaide met een plastic zak, waarin de tweede wurgsjaal schemerde.

'Wanneer gaan we hem arresteren?'

De Cock blikte wat loom omhoog.

'Wie?'

De jonge rechercheur keek zijn oude collega met opperste verbazing aan. 'Mooie Karel,' riep hij hoorbaar geprikkeld. 'Onze Karel Koperman. Het lijdt toch geen twijfel? Het is zonder meer duidelijk, dat hij zich vanmiddag als patiënt bij dokter Haanstra heeft gepresenteerd en hem daarna heel zorgvuldig heeft gewurgd.'

De Cock trok een grijns. 'Je bedoelt... eh, die door jou gevonden patiëntenkaart met 'K. Ko'?'

Vledder knikte heftig.

'Gezien in het licht van hetgeen we al weten... ik bedoel de

wurgpoging op Dikke Nel in het verleden en meer recent de wurgmoord op de oude Marlies van Haesbergen... is dit toch een prachtig bewijs.'
'Vind je?'
'Natuurlijk vind ik dat. En een ieder zal dat met mij eens zijn. Wat wil je nog meer?'
'De echte moordenaar vatten.'
Het gezicht van Vledder werd rood.
'De echte moordenaar?' herhaalde hij smalend. Hij wees op de plastic zak met de sjaal. 'De echte moordenaar is hij: Mooie Karel.'
De Cock schoof zijn onderlip naar voren.
'Waarom,' vroeg hij gelaten, 'moet 'K. Ko' per se Karel Koperman zijn?' Hij hield zijn hoofd wat schuin. 'Waarom is 'K. Ko' niet... *K*ees *Ko*ster of *K*relis *Ko*lensjouwer? Een handige advocaat... en zeker een man als Mr. Meturovski... veegt zo'n bewijsvoering honend van tafel.'
Hij zweeg even en grinnikte vrolijk. 'Het is zelfs niet ondoenlijk om dat 'K. Ko' in het voordeel van Mooie Karel uit te leggen.'
Vledder keek hem peilend aan.
'In het voordeel?' vroeg hij ongelovig.
De Cock nam zijn beide benen van zijn bureau, stond op en imiteerde spottend de brede armzwaai van een verdediger in toga.
'Welke man... edelachtbare,' riep hij met enig pathos, 'die het plan heeft opgevat om een moord te plegen... geeft zijn aanstaand slachtoffer de gelegenheid om zijn naam... of een gedeelte daarvan... op te schrijven en achter te laten als een soort visitekaartje voor de recherche? Edelachtbare... dat kan men toch zelfs van de domste moordenaar niet verwachten.'
Vledder gebaarde naar de vloer.
'Maar die kaart lag daar,' riep hij radeloos.
De Cock knikte gelaten.
'Denk daar maar eens even over na.'
De jonge rechercheur schudde brommend zijn hoofd. Zijn gezicht leek een donkerwolk. 'Denken?' riep hij recalcitrant. 'Ik verdom het langer. We komen er toch nooit uit.'
De Cock reageerde niet. Hij keek zijn jonge collega secondenlang peinzend aan. Toen draaide hij zich om en sjokte naar de kapstok. Vledder volgde hem.

'Waar ga je heen?'
De Cock sloot zijn ogen en geeuwde ongegeneerd.
'Naar huis... slapen. Morgenochtend verwacht ik je om negen uur met een wagentje bij mij voor de deur.'
'Waar wil je heen?'
'Amersfoort.'
De jonge rechercheur trok diepe rimpels in zijn voorhoofd. Hij had het stellige voornemen om niet meer te denken blijkbaar al weer opgegeven.
'Wat wil je daar doen?'
Het brede gezicht van De Cock vergleed in een harde trek.
'Spijkers met koppen slaan.'

Hoewel het spitsuur al voorbij was, kon de vierbaansrondweg om Amsterdam het geweldige verkeersaanbod nauwelijks verwerken. Met grote vaardigheid switchte Vledder de oude politie-Volkswagen van baan naar baan en hield zijn snelheid op peil. Eerst voorbij de Gaasperdammerweg werd het wat stiller. De jonge rechercheur leunde ontspannen achterover en blikte opzij.
'Ik was nog even aan de Kit... de sleuteltjes van de wagen halen.'
'En?'
'In de hal liep ik bijna letterlijk commissaris Buitendam tegen het lange lijf. Hij vroeg mij onmiddellijk waar jij was. Die tweede wurgmoord had hem... en de Officier van Justitie... ernstig verontrust.'
'Zei hij dat?'
Vledder knikte.
'En Mr. Meturovski was weer moeilijk komen doen. Hij had, weliswaar, zijn aanklacht tegen ons ingetrokken, maar kon over ons gedrag toch niet erg tevreden zijn. Jij zou tegenover de goede heer Middelkoop ongefundeerde uitlatingen hebben gedaan en verholen bedreigingen hebben geuit.'
De Cock knikte voor zich uit.
'Zo, zo,' grapte hij, 'dat is niet mis.'
Vledder trok een ernstig gezicht.
'Op aandringen van de heren Van der Grauw en Middelkoop had hij onze Officier van Justitie dringend verzocht om de verdere behandeling van de affaire Vreedenbergh aan andere rechercheurs van het district op te dragen. Volgens Mr. Meturovski was onze

integriteit op z'n minst discutabel... liet althans veel te wensen over. Uit ons gedrag bleek, dat we duidelijk waren bevooroordeeld.'
De Cock kneep zijn wenkbrauwen samen.
'Mr. Meturovski gaf dus toe, dat er een... affaire Vreedenbergh bestond.'
'Blijkbaar.'
Hij lachte. 'Dat is nieuw... pure winst. Tot nu toe was de houding van de top van de baggeronderneming bepaald star; de-heer-Vreedenbergh-is-met-vakantie-op-de-Bahama's... en daarmee uit. Ik heb het gelukkige gevoel, dat men wat onrustiger wordt.'
Vledder snoof.
'Vind je het gek... met al dat gewroet van jou?'
De Cocks gezicht betrok.
'Ik ben bang,' sprak hij somber, 'dat mijn 'gewroet' het leven van twee mensen heeft gekost.'
Vledder schudde heftig zijn hoofd.
'Dat is pure onzin,' riep hij fel. 'Jij hebt ze toch niet vermoord? Jij hebt toch geen sjaal strak om hun nek getrokken? Die verantwoordelijkheid ligt niet bij jou, maar bij de man of vrouw, die er belang bij had dat ze voor eeuwig tot zwijgen werden gebracht.'
De Cock staarde voor zich uit. Het afschrikwekkende gelaat van de dode Dr. Haanstra kwam hem voor de geest. Hij drukte het beeld weg.
'Als we straks in Amsterdam terug zijn,' sprak hij wat loom, 'ga dan even naar het Bevolkingsregister aan de Herengracht.'
'Persoonlijk?'
'Ja, dat lijkt mij veiliger, betrouwbaarder dan via de telefoon. Ik wil dat je alle familiebetrekkingen van Karel Koperman natrekt... compleet met grootouders, ooms, tantes, neven en nichten.'
'Wat wil je ermee?'
De Cock zuchtte.
'Ik wil weten wie hem die baan als huisbewaarder op Thundering Heights in Zuid-Ierland heeft bezorgd. Volgens Smalle Lowietje had Mooie Karel familie in 'hogere' kringen.'
'En daar moet ik naar zoeken?'
De Cock maakte een onzeker gebaartje. 'Zo ongeveer.'
Een tijdlang spraken ze niet. Voorbij Bussum werd het zicht op de weg aanmerkelijk slechter. Slierten dichte mist verpakten de we-

reld in een grauwe deken. Vledder vloekte inwendig, schakelde de koplampen op 'grootlicht' en minderde snelheid.
'Is ze thuis?' vroeg hij nors.
'Wie?'
'Xaveria van Breevoorde.'
De Cock knikte.
'Ik heb haar vanmorgen gebeld. Ik heb haar gezegd, dat ze niet weg mocht gaan, omdat ik een belangrijke mededeling voor haar had.'
'Heb je die?'
'Ja.'
Vledder drong niet verder aan. Plotseling tastte hij naar de binnenzak van zijn colbert.
'Dat was ik bijna vergeten. Er lag voor jou nog een brief bij de wachtcommandant. Die schijnt vannacht te zijn gebracht.'
De Cock nam de verkreukelde enveloppe aan en bekeek de adressering. 'Aan resesseur De Cock', stond er in lange, onhandige hanepoten. Hij scheurde de enveloppe open en nam daaruit een blocnote-velletje.

'*Beste De Cock*', las hij
'*Ut heb wel effe geduurt, maar nauw weet ik ut. Moie Karel is niet de stad uit. Hij sit in een renevitatie pandje aan de Zaanstraat naast het ouwe badhuisie van de Polanenstraat. Voor de deur staat een vuurroie BMW, die van hem is. Hij laat sein fasie beina niet sien. Ut sgeint dat hij nogal senewagtig is. Als je hem wil greipe, dan mag je wel opschieten, andes is de fogel geflogen.*

Jou Lowie'

De Cock glimlachte vertederd en frommelde het briefje met de enveloppe in een van de zakken van zijn oude regenjas.
Vledder bekeek de man naast zich.
'Goed nieuws?'
De Cock antwoordde niet. Hij zakte wat onderuit en schudde zijn hoofd. 'Ik denk,' sprak hij droevig, 'dat Smalle Lowietje tijdens de taalles toch te veel uit het raam heeft gekeken.'

Ze droeg dezelfde doorschijnende peignoir als tijdens hun eerste bezoek aan Amersfoort. Weer realiseerde De Cock zich hoe aantrekkelijk ze was, hoe opwindend. En hij begreep iets van de verslavende bekoring, die de heer Vreedenbergh moest hebben bevangen... telkens opnieuw, bij elke ontmoeting die hij met haar had.
Xaveria van Breevoorde keek de grijze speurder wat hautain aan.
'Ik schijn mij frequent in uw belangstelling te mogen verheugen.'
Het klonk spottend.
De Cock glimlachte beminnelijk.
'Gelooft u mij; als ik geen werkelijke reden had voor mijn komst, dan schiep ik alsnog een motief om u te kunnen bezoeken.'
Ze glimlachte gevleid. 'Is dat een compliment?'
De Cock knikte overtuigend.
'Een compliment voor uw schoonheid. Uw... eh, uw openhartigheid bekoort mij minder.'
Er kwam een waakzame blik in haar ogen.
'Heb ik iets verzwegen?'
De Cock gebaarde in haar richting.
'Waarom heeft u ons bij vorige gelegenheden niet verteld, dat u bij de dood van de heer Vreedenbergh zijn gehele vermogen erft?'
Xaveria van Breevoorde spreidde haar handen in onschuld.
'U heeft er niet naar gevraagd.'
De Cock tuitte zijn lippen.
'U had kunnen beseffen, dat het voor ons onderzoek van het grootste belang was om dit te weten.'
Xaveria van Breevoorde schudde haar hoofd.
'Dat heb ik niet beseft. Echt niet. Mijn enige zorg... mijn ongerustheid... gold en geldt nog steeds... de verdwijning van de heer Vreedenbergh. Het feit, dat ik universeel erfgename ben van zijn vermogen, speelt daarbij geen enkele rol.'
De Cock keek haar schattend aan. 'Nee?' Het klonk ongelovig.
De blik van Xaveria van Breevoorde verhardde.
'Luister, rechercheur De Cock,' sprak ze scherp. 'De heer Vreedenbergh veilig en gezond bij mij terug. Dat is het enige wat ik van u verlang.'
De grijze speurder negeerde de opmerking.
'Welke relaties heeft u met de heer Van der Grauw?'
'Geen enkele.'

De Cock bracht een valse grijns op zijn gezicht.
'Gisterenmorgen zagen wij hem hier uit uw woning komen.'
Xaveria van Breevoorde knikte. 'Hij was hier,' reageerde ze kalm. 'Kort voordat u kwam, stond hij bij mij voor de deur.'
'U hebt hem binnengelaten?'
'Ja.'
'Wat wilde hij?'
Xaveria van Breevoorde liet haar hoofd iets zakken. 'Van der Grauw vertelde mij, dat hij van notaris Van Suchtelen uit Amsterdam een afschrift had ontvangen van het testament van de heer Vreedenbergh. Hij wilde met mij over de inhoud praten.'
'En?'
'Ik maakte hem duidelijk, dat het niet aan mij lag om over de inhoud te discussiëren. Het testament behelst de laatste wil van de heer Vreedenbergh. Als hij, Van der Grauw, om welke reden dan ook, iets in het testament gewijzigd wilde zien, dan diende hij zich daartoe met de heer Vreedenbergh in verbinding te stellen.'
De Cock glimlachte geamuseerd. Hij kon de duidelijke stellingname van de jonge vrouw wel waarderen.
'Hoe reageerde Van der Grauw?'
'Woedend. Ik had het idee, dat hij danig in zijn wiek was geschoten. Hij klapte zijn koffertje dicht en verdween zonder groet.'
De Cock wreef over zijn brede kin.
'Bij ons vorig bezoek,' sprak hij aarzelend, 'heeft u ons een kleine karakterschets van de heer Vreedenbergh gegeven. U heeft ons ook verteld van zijn vreemde gewoonte om in het buitenland met bankbiljetten van duizend dollar te wapperen.'
Xaveria van Breevoorde lachte.
'Dat heeft u goed onthouden.'
De Cock knikte traag.
'Zo'n gek hemd... zo'n hemd waarin hij de dollarbiljetten vervoerde, heeft u daar een exemplaar van?'
Xaveria van Breevoorde stond van haar stoel op en liep naar een hoge kast aan de wand. 'De nacht voor hij naar het Midden-Oosten vertrok,' sprak ze onderwijl, 'bracht Jean-Paul altijd bij mij door. Hij zei, dat hij dan een grotere weerstand had tegen de verleidingen van haremdames. Kort voor hij naar Schiphol reed, transformeerde hij zich tot een corpulent heertje.'
'U bedoelt met al die stapeltjes bankbiljetten om zijn lichaam.'

Xaveria van Breevoorde grinnikte.
'Het zag er heel natuurlijk uit. Maar voor mij was het een komisch gezicht. Ik moest ook altijd vreselijk lachen.' Ze opende de kast en nam een kledingstuk van een plank. Het was een vrij lang hemd met rondom zakken in drie verdiepingen.
De Cock strekte zijn hand er naar uit.
'Heeft u er bezwaar tegen dat ik zo'n hemd eens aan mijn commissaris laat zien?'
Xaveria van Breevoorde weifelde.
'Als ik hem maar weer terugkrijg.'
'Absoluut.'
Ze gaf het vreemde kledingstuk aan De Cock en deed de kastdeuren dicht. 'Als Jean-Paul terugkomt, heeft hij het weer nodig.'
De Cock knikte begrijpend. Hij vouwde het hemd zorgvuldig op en borg het boven zijn ceintuur tussen zijn regenjas. Moeizaam kwam hij overeind.
'Wat mij interesseert... hoe... eh, hoe heeft u de heer Vreedenbergh leren kennen?'
'Ik... ik werd aan hem voorgesteld door vrienden.'
De Cock trok rimpels in zijn voorhoofd.
'Wie waren die vrienden?'
'Dat... eh, dat weet ik niet meer. Het is al weer zo lang geleden.'
De rechercheur gebaarde in haar richting. 'Ik neem aan, dat u zich die gelukkige dag nog herinnert.'
Xaveria van Breevoorde slikte.
'Nee... nee... niet precies.'
De Cock hield zijn blik strak op haar gericht.
'Kende u de heer Van der Grauw al voor hij door de heer Vreedenbergh tot mededirecteur van zijn baggeronderneming werd benoemd?'
Xaveria van Breevoorde antwoordde niet. Ze deed haar ogen dicht en zuchtte.
De Cock boog zich naar haar toe.
'Ik neem aan dat u mij hebt verstaan. Maar ik herhaal het voor alle zekerheid: kende u de heer Van der Grauw al voor hij door de heer Vreedenbergh tot zijn mededirecteur werd benoemd?'
'Ja.'
'Was Van der Grauw de man, die de heer Vreedenbergh aan u voorstelde?'

Xaveria van Breevoorde stond van haar poef op. In haar ogen lag een radeloze blik. 'Dat heeft er niets mee te maken,' riep ze geëmotioneerd. 'Dat heeft er niets mee te maken. Ik houd van Jean-Paul... geloof me... ik houd van...' Ze zweeg. Leek kalmer. Het was alsof de emotie plotseling uit haar was weggeëbd. Ze keek op naar De Cock. 'Ik weet wat u denkt.'
De Cock trok zijn gezicht strak.
'Gedachten zijn tolvrij.' Langzaam liep hij bij haar weg.
Bij de deur draaide hij zich om en bleef staan.
'Heeft u rouwkleding?'
'Nee.'
'Koop ze.'

19

Vanaf de parkeerplaats aan het fraaie Lieve Vrouwekerkhof reden ze uit Amersfoort weg. Het zicht op de buitenweg was goed. De zon was hoger naar de hemel getrokken en had de grauwe mistslierten verjaagd.
De Cock liet zich onderuit zakken en doezelde wat weg. In gedachten ging hij het onderhoud met Xaveria van Breevoorde nog eens na. Het was ongeveer verlopen, zoals hij zich dat had voorgesteld. Echte verrassingen had het hem niet opgeleverd. Sinds hij gisterenmorgen de heer Van der Grauw uit de Lieve Vrouwestraat had zien komen, had hij beseft, dat er een band bestond tussen haar en de man, die de heer Vreedenbergh tot zijn mededirecteur had aangesteld.
Hij vroeg zich af wat de volgorde was. Had de liefdesverhouding tussen Xaveria en haar Jean-Paul geleid tot het directeurschap van Van der Grauw... of had het directeurschap van Van der Grauw geleid tot de liefdesverhouding tussen Jean-Paul Vreedenbergh en de zwoele Xaveria van Breevoorde. Het onderscheid kon belangrijk zijn. Op zijn vraag had Xaveria echter beaamd, dat Van der Grauw haar aan de heer Vreedenbergh had voorgesteld. In dat geval ging het initiatief van Van der Grauw uit. Wat wist de heer Vreedenbergh op het moment, dat hij zijn testament op liet maken?

Wat was zijn opdracht aan notaris Van Suchtelen?
Vledder stootte zijn elleboog tegen zijn schouder.
'Slaap je?'
De Cock drukte zich omhoog.
'Ik dacht na... is dat zo vreemd?'
De jonge rechercheur reageerde niet. Hij wees met een grijns naar de bult onder de regenjas van De Cock.
'Wat wil je met dat hemd?'
'Dat heb ik toch al gezegd... aan de commissaris laten zien.'
Vledder lachte smadelijk. 'En denk je nu echt,' sprak hij ongelovig, 'dat hij daar belangstelling voor heeft?'
De Cock stak zijn kin iets omhoog.
'Ik zal zijn belangstelling wekken.' Het klonk hard en onverzettelijk.
'Waarom?'
De grijze speurder antwoordde niet. Hij draaide zich half naar Vledder toe. 'Je hebt het hele onderzoek meegemaakt,' sprak hij wat vermoeid. 'Van het prille begin af. Je kent alle facetten... alle verklaringen die zijn afgelegd. Wat zou ik nu met dat hemd willen?'
Vledder schokte met zijn schouders.
'Weet ik veel. Misschien wel een voorlichtingsavondje houden voor de douane.'
Teleurgesteld schudde De Cock zijn hoofd. Met een wat droevige trek op zijn gezicht liet hij zich opnieuw onderuit zakken en sloot zijn ogen. Eerst toen ze Amsterdam binnenreden, kwam hij wakker overeind.
'Zet jezelf bij het Bevolkingsregister aan de Herengracht af,' gebood hij autoritair. 'Dan neem ik verder het wagentje mee. Heb je de juiste gegevens van Karel Koperman en... moeder Mathilde?'
'Ja.'
'Mooi... dan zie ik je weer aan de Kit.'
'En wat doe jij intussen?'
'Ik ga even op bezoek bij notaris Van Suchtelen.'
'Om wat te doen?'
'Het rapport inzien, dat die particuliere detective voor hem heeft gemaakt.'
'En als hij inzage weigert?'

'Waarom zou hij weigeren?'
'Notarissen doen vaak erg geheimzinnig.'
De Cock gebaarde achteloos.
'Het is niet zo erg belangrijk. Bovendien heb ik nog een leuke klus.'
Vledder fronste zijn wenkbrauwen.
'Wat voor een klus?'
Over het brede gezicht van De Cock gleed een zoete grijns. 'Zeer nederig en onderdanig aan onze commissaris vragen of hij zo vriendelijk en beleefd wil zijn om Mr. Schaaps, onze Officier van Justitie uit te nodigen om naar de Warmoesstraat te komen voor een bespreking.'
'Een bespreking?'
'Ja, ik heb zijn hulp nodig.'
Het stuur gleed Vledder bijna uit zijn handen.
'Jij,' riep hij vol ongeloof, 'jij wilt de Officier van Justitie om hulp vragen?'
De grijze speurder speelde verbazing.
'Is dat een misdaad?'

De Cock gleed met zijn tong over zijn droge lippen. Een intense spanning maakte zich van hem meester... tintelde in de toppen van zijn vingers. Wat nerveus schoof hij de mouw van zijn colbert iets terug en keek op zijn horloge. Het was bijna negen uur. Nog ruim een uur en een kwartier scheidden hem van de beslissende actie.
Als er nu iets misging, besefte hij, verspeelde hij de laatste kans om klaarheid te brengen in de mysterieuze verdwijning van de heer Vreedenbergh en de daarop gevolgde moorden op Marlies van Haesbergen en Dr. Haanstra. Die gedachte bezorgde hem koude rillingen. Hij was zich er ineens pijnlijk van bewust welke risico's hij liep.
De Cock keek de recherchekamer rond. Links van hem, met een wit vertrokken gezicht, zat Vledder. Verderop, gedempt keuvelend, zaten Fred Prins en Hans Rijpkema. Hij had de beide nog jonge, maar bekwame rechercheurs gevraagd om hem bij zijn operatie terzijde te staan. Ze hadden geen moment geaarzeld en onmiddellijk enthousiast hun hulp toegezegd.
In een emotioneel betoog en met een voor hem ongekende openhartigheid had hij aan de commissaris en de Officier van Justitie uit

de doeken gedaan welke resultaten zijn onderzoek had opgeleverd en hoe hij dacht tot een sluitende bewijsvoering te komen.
Ze hadden naar hem geluisterd dit keer, ernstig en geduldig, zonder met hautaine, nietszeggende opmerkingen zijn betoog te interrumperen. Uiteindelijk, na een bewogen debat, hadden ze met zijn plannen ingestemd. Mr. Schaaps had zelfs uitdrukkelijk gesteld, dat hij bij een eventueel falen de volledige verantwoordelijkheid van de actie op zich zou nemen.
Toen commissaris Buitendam hem bovendien de toezegging deed, dat hij voor de operatie de beschikking zou krijgen over een paar uiterst snelle wagens, had de grijze speurder opgelucht de kamer van zijn politiechef verlaten en was aan zijn voorbereidingen begonnen.
Hoewel hij zijn jonge collega graag een verrassing had bereid, was hij na enige overwegingen tot de conclusie gekomen, dat het beter was om Vledder over de aard en het doel van zijn actie in te lichten. Na zijn uiteenzetting had de jonge rechercheur hem eerst verbaasd aangestaard, daarna had hij hem hardgrondig voor 'een trawant van de duivel' uitgekreten om vervolgens minzaam te bekennen, dat hij zelf nooit op z'n schitterend idee was gekomen.
De Cock stond van zijn stoel op en liep naar het eind van het lokaal, waar rechercheur 'Appie' Keizer achter zijn bureau behaaglijk aan een kop koffie slurpte.
'Ga vast beneden naar de plottafel. Voor kwart over tien verwacht ik geen enkele actie, maar je kunt nooit weten. Ik heb ook nog een wagen in de lucht met de rechercheurs Klaver en Kuiper. Als ze zich melden, geef je dat onmiddellijk aan mij door.'
Rechercheur Keizer knikte begrijpend, dronk zijn kop leeg en liep de kamer af.
De Cock keek naar de anderen.
'Laten we onze posten innemen.' Zijn stem trilde een beetje. 'Het wachten hier in de recherchekamer werkt op mijn zenuwen.'
Prins en Rijpkema stonden op en liepen achter Appie Keizer aan.
Vledder stapte op De Cock toe.
'Als ze beseffen dat het een stunt is?'
De grijze speurder trok zijn schouders op.
'Ik vertrouw op hun hebzucht.'

De Cock streelde met zijn blik het interieur van de wagen. Zachtjes

gleden zijn handen over het pluche van de zittingen. Een dergelijke luxe was hij bij de politie niet gewend. Hij liet zich achterover vallen en schurkte met zijn rug tegen de leuning. Het bezorgde hem een behaaglijk gevoel. Daarna bukte hij zich iets voorover en keek door de voorruit naar het silhouet van de vervallen Haarlemmerpoort.
Vledder keek hem van opzij aan.
'Staan we hier goed?'
De Cock trok zijn schouders op. 'We hadden overal kunnen gaan staan. Ik heb geen idee waarheen we worden gebracht. Het Haarlemmerplein leek mij gewoon het meest geschikt.' Hij keek op zijn horloge en zuchtte.
'Er moet zo langzamerhand wel iets gaan gebeuren. Volgens mij is het opsporingsbericht al ruim tien minuten geleden uitgezonden.'
'Misschien hebben de betrokkenen niet gekeken.'
De Cock glimlachte.
'Op het andere net predikt een theoloog van de Evangelische Omroep. Een erkend geleerde, is mij gezegd, maar ik neem niet aan, dat de luitjes die ik op het oog heb, op dit moment behoefte voelen om een stichtelijk woord tot zich te nemen.'
De mobilofoon in de wagen begon te kraken.
'Rechercheurs-Klaver-en-Kuiper-melden-dat-een-grote-zwarte-Cadillac-de-Coentunnel-nadert.' De stem van Appie Keizer kwam glashelder door. 'De-wagen-rijdt-met-grote-snelheid.'
De Cock pakte de microfoon.
'Kunnen ze hem bijhouden?'
Het duurde even.
'Ik-heb-geen-verbinding-met-ze. Ze-zitten-vermoedelijk-in-de-tunnel.'
Na enkele minuten klonk de stem van Appie Keizer weer.
'De-zwarte-Cadillac-heeft-bij-de-afslag-Westelijk-Havengebied-de-ringweg-verlaten-en-rijdt-langs-het-gebouw-van-De-Telegraaf-in-de-richting-van-Zijkanaal-F.'
De Cock keek naar Vledder.
'Die gaat in de richting van Velsen,' sprak hij gehaast.
Hij pakte opnieuw de microfoon. 'Heb je nog geen melding van Prins en Rijpkema?'
Het was even beangstigend stil. Toen kwam Keizer terug.
'Zojuist-is-uit-de-Zaanstraat-bij-de-Polanenstraat-een-vuurrode-

BMW-weggereden-in-de-richting-van-de-Spaarndammerstraat.'
De Cock porde Vledder onzacht in zijn ribben.
'Starten,' snauwde hij. 'En rijd direct naar de Haarlemmerweg.'
De jonge rechercheur reageerde onmiddellijk. Hij snelde een taxi voorbij en nam de brug naar het Nassauplein. Ze waren nog maar net het standbeeld van Domela Nieuwenhuis gepasseerd, toen een vuurrode BMW, komende van rechts, met gierende banden een scherpe bocht nam naar de Haarlemmerweg. Op enige afstand volgde een blauwe Peugeot. De Cock wees ernaar.
'Zijn dat Prins en Rijpkema?'
'Ja.'
'Rijd ze na... maar houd wel voldoende afstand, zodat die BMW ons niet in de gaten krijgt. Als Prins en Rijpkema stuklopen, kunnen wij de achtervolging van ze overnemen.'
Vledder knikte begrijpend.
Met een snelheid van zo rond de honderd kilometer raasden ze de vrij smalle Haarlemmerweg af. Bij de kruising van het station Sloterdijk glipten de rode BMW en de blauwe Peugeot door het oranje licht. Vledder stopte vloekend voor rood.
De Cock keek naar hem.
'Het wordt hoog tijd, dat jij eens naar de EO gaat luisteren.'
Vledder reageerde niet. Toen het licht op groen sprong, bracht hij in luttele seconden de wagen op volle snelheid. Voor ze Halfweg hadden bereikt, was de blauwe Peugeot al weer in zicht.
Minutenlang reden ze zwijgend voort.
De mobilofoon kraakte.
'De-rechercheurs-Klaver-en-Kuiper-melden, dat-ze-moeite-hebben-om-die-zwarte-Cadillac-bij-te-houden. Bovendien-wordt-de-verbinding-door-de-afstand-steeds-slechter. Het-laatste-bericht, dat-ik-van-ze-heb-opgevangen, zegt, dat-de-zwarte-Cadillac-in-de-buurt-van-Driehuis-de-grote-weg-heeft-verlaten-en-een-smalle-weg-in-de-richting-van-Bloemendaal-is-ingeslagen.'
De Cock klapte met zijn vuist voor zich op het dashboard.
'Toch de Kennemerduinen.'
Vledder keek hem verward aan.
'Had je dat niet verwacht?'
De Cock schudde zijn hoofd. Maar gaf geen uitleg.
Behendig manoeuvrerend reed Vledder de blauwe Peugeot na door de straten van Haarlem en volgde hem op weg naar het kopje van

Bloemendaal. De snelheid was er duidelijk uit. Zo nu en dan, in een bocht, was er kort voor de blauwe Peugeot een glimp van de rode BMW te zien.
Verontrust kwam De Cock overeind.
'Ik hoop, dat de jongens voorzichtig doen,' sprak hij bezorgd. 'Als die lui merken dat ze worden gevolgd, kunnen we het wel vergeten.'
Voorbij het hoogste punt van het kopje flitsten de rode remlichten van de blauwe Peugeot voor hen aan.
Vledder stopte. Vanaf de plek waar ze stonden, hadden ze een weids uitzicht over de duinen. Ze zagen de rode BMW verder de weg afrijden. Het ging vrij langzaam. Onderaan knipperde de wagen met zijn lichten. Het signaal werd beantwoord door een grote zwarte Cadillac, die aan de kant van de weg stond. Kort achter de Cadillac kwam de BMW tot stilstand. Een man stapte uit en liep naar de zwarte Cadillac. Hij trok wild het rechterportier open en stapte in. Het duurde even, toen reed de Cadillac verder de Zeeweg op.
De Cock gaf Vledder een wenk. Ze reden tot naast de blauwe Peugeot. De grijze speurder draaide het portierraam open en keek naar Fred Prins achter het stuur.
'Wij gaan nu verder achter ze aan. Dat is veiliger. Onze wagen hebben ze nog niet gezien. Blijf ons in ieder geval op enige afstand volgen. Er kan van alles gebeuren.'
Fred Prins knikte instemmend.
Vledder gaf gas en reed de Cadillac achterna. De zwarte wagen reed langzaam. Zoekend. Kennelijk probeerden de inzittenden zich te oriënteren. Na ruim anderhalve kilometer stopte de Cadillac aan de kant van de weg. Ook Vledder bracht zijn wagen tot stilstand en doofde zijn lichten.
De beide voorportieren van de Cadillac gingen vrijwel tegelijk open. Twee mannen stapten uit, klapten de portieren dicht, liepen naar de bagageruimte en openden de klep. Met elk een schep over hun schouder sjokten ze verder het duinterrein in.
De Cock en Vledder stapten uit. Om geen geluid te maken, lieten ze de portieren half open staan. Voorzichtig, diep gebukt, slopen ze in de richting van de beide mannen. Kleine bosschages boden de rechercheurs de mogelijkheid dit vrijwel ongezien te doen. Toen ze de mannen weer in het oog kregen, lieten ze zich op hun buik in het

zand vallen en keken toe.
De twee mannen stonden met hun schop op een, van de weg af niet zichtbare, open plek.
De Cock tuurde door zijn oogspleetjes, maar de afstand en de duisternis belemmerden een herkenning.
Er volgde tussen de mannen enig beraad. Toen begonnen ze te scheppen. In het bleke schijnsel van de maan was het een macaber gezicht.
Al na enkele minuten werd Vledder merkbaar ongeduldig. De Cock, die dicht naast hem lag, legde zijn arm om hem heen. 'Hoe meer zij scheppen,' fluisterde hij hem in het oor, 'hoe minder wij te doen hebben.'
De jonge rechercheur onstspande.
Lange tijd werkten de mannen gestaag door. Het ging steeds moeizamer. Hun hijgende ademhaling werd hoorbaar.
Plotseling gebeurde er iets vreemds. Een van de mannen kroop uit de kuil, zette zijn schep in het zand en trok een pistool. Het wapen met beide handen vasthoudend, vuurde hij één-, twee-, driemaal op de man die in de kuil was achtergebleven. Geluidloos zakte het slachtoffer ineen... verdween uit hun gezichtsveld.
Ineens was er rumoer rondom. Vledder sprong op. Van alle zijden naderden schimmen.
De man bij de kuil keek schichtig om zich heen. Het pistool gleed uit zijn handen. Angstig bracht hij zijn handen omhoog.
'Niet schieten... niet schieten.'
De Cock krabbelde overeind. Zijn scherp gehoor had de stem herkend van... Johan, de butler.

20

Vledder stond op de stoep en belde.
De Cock kwam lui uit zijn diepe fauteuil overeind en sjokte op zijn sloffen naar de hal. Toen hij had opengedaan, keek hij wat verwonderd.
'Ben je alleen?'
Vledder knikte.

'De anderen konden niet komen. Zij moesten de opiumploeg assisteren bij een inval.'
Meewarig hoofdschuddend ging De Cock zijn jonge collega voor naar zijn gezellig ingerichte woonkamer.
Mevrouw De Cock kwam uit de keuken en begroette Vledder allerhartelijkst.
De jonge rechercheur maakte een verontschuldigend gebaartje. 'Ik heb jammer genoeg geen tijd gehad om een boeketje voor u te kopen. Toen ik vanmiddag wakker werd, waren alle bloemenzaken al dicht.'
De Cock keek hem vragend aan.
'Is het zo laat geworden?'
Vledder zuchtte.
'Pas laat in de middag heb ik een paar uur kunnen slapen. Die opgraving nam nogal wat tijd in beslag. Het leek wel of er archeologen bezig waren.'
'En?'
'Ze lagen broederlijk naast elkaar... de heer Vreedenbergh en Archibald Benschop. Zwarte Archie was met een nekschot afgemaakt.'
'En Vreedenbergh?'
Vledder spreidde zijn beide handen.
'Een natuurlijke dood. Er moet uiteraard nog een gerechtelijke sectie worden verricht, maar de lijkschouwer uit Haarlem was er vrijwel van overtuigd, dat Vreedenbergh aan een hartverlamming was overleden.' Hij keek naar De Cock. 'Hoe is het met Mooie Karel?'
De grijze speurder liet zijn hoofd hangen.
'Die is vroeg in de morgen in het ziekenhuis overleden.'
'Heb je nog met hem gesproken?'
De Cock knikte traag.
'Hij had mij in de ziekenwagen zien zitten. Kort voor hij stierf vroeg hij aan de behandelende arts of hij nog even met mij mocht praten. Ongevraagd vertelde hij mij, dat hij Zwarte Archie had neergeschoten en samen met de heer Vreedenbergh had begraven. Ook bekende hij de wurgmoord op Marlies van Haesbergen. Toen ik de moord op Dr. Haanstra ter sprake bracht, wilde hij daar niets van weten. 'Dat,' zei hij, 'is het werk van mijn broer'.'
Vledder slikte.

'Broer?' herhaalde hij onthutst.
De Cock reageerde niet direct, maar wees naar de fauteuil tegenover hem. 'Laten we gaan zitten,' sprak hij vermoeid. 'Ik heb ook maar een paar uur geslapen.' Hij liet zich met een plof zakken, pakte van het bijzettafeltje naast zijn fauteuil een bolrond glas en hief het omhoog. 'Cognac en een verfrissende douche doen wonderen.'
Vledder schudde verbijsterd zijn hoofd.
'Broers,' herhaalde hij ongelovig.
De Cock zuchtte.
'Inderdaad... Johan de butler en Mooie Karel waren broers. Ik wist dat pas gisterenmiddag, toen ik de lijst van familiebetrekkingen nakeek, die jij in het Bevolkingsregister had opgemaakt. Ik las tot mijn verbazing, dat Mathilde Koperman onder andere getrouwd was geweest met ene Cornelis de Mindere en dat uit deze verbintenis een zoon was geboren... Johan de Mindere.'
Vledder trok een droevig gezicht.
'Het zegt mij niets.'
De Cock knikte overtuigend.
'Het zei mij heel veel. Toen commissaris Buitendam mij vertelde van de aanklacht terzake huisvredebreuk, die Mr. Meturovski tegen ons had ingediend, sprak hij van een getuige Johan de Mindere... als de man, die ons beiden in Bergen in de woning van de heer Vreedenbergh had aangetroffen.'
'Johan de butler.'
De Cock streek met zijn hand door zijn grijze haren.
'Vanaf het moment dat ik wist, dat Mooie Karel niet in de bajes had gezeten, maar in Zuid-Ierland was geweest, intrigeerde het mij wie hem die baan als huisbewaarder op Thundering Heights had bezorgd. Dat was belangrijk. Begrijp je? Die man of vrouw vormde de verbinding tussen de heer Vreedenbergh, Mooie Karel, Zwarte Archie en de gijzelingsplannen. De spil, waarom veel... zo niet alles draaide.'
Mevrouw De Cock kwam uit de keuken met een schaal vol lekkernijen. 'Weet je wat ik niet snap,' sprak ze liefjes. 'Waarom gingen die kerels in de Kennemerduinen die lijken weer opgraven... die lagen daar toch goed?'
De Cock keek haar bestraffend aan.
'Lijken begraaf je niet in de duinen, maar op een kerkhof.'

Mevrouw De Cock negeerde de opmerking. Ze keek Vledder aan.
'Wat wilden ze met die dode mensen doen?'
De jonge rechercheur lachte.
'Die lijken interesseerden hen niet in het minst. Het was een soort schatgraverij.'
'Wat voor een schat?'
Vledder wees naar De Cock.
'Het was een idee van uw man. Een stunt. Hij kreeg Mr. Schaaps, onze Officier van Justitie, zover dat gisterenavond na het nieuws een opsporingsbericht werd uitgezonden. Daarbij werd het paspoort van de heer Vreedenbergh getoond met zijn foto en een vreemd hemd met zakken, waarin, zo werd gesuggereerd, de heer Vreedenbergh bij zijn verdwijning in bankbiljetten van duizend bijna een miljoen dollar had geborgen.'
Mevrouw De Cock keek op haar man neer.
'En naar dat miljoen gingen die kerels zoeken?'
'Ja.'
'En het was niet waar?'
Haar man glimlachte.
'Het had een schijn van waarheid. Zonder meer. Het hemd was echt en de heer Vreedenbergh gebruikte dat hemd met ingenaaide zakken inderdaad om er bankbiljetten van duizend dollar mee te vervoeren, wanneer hij naar het Midden-Oosten toog om voor zijn baggeronderneming orders te vergaren.'
'Maar het was een truc... een leugen... een misleidende vervalsing.'
De Cock boog schuldig zijn hoofd. 'Dat was het,' bekende hij.
Zijn vrouw keek hem afkeurend aan: 'Jurrian de Cock, je bent een... eh...'
'...trawant van de duivel,' vulde Vledder aan.
De grijze speurder reageerde wat verward.
'Heb jij dat opsporingsbericht dan niet gezien?'
Mevrouw De Cock maakte een verontschuldigend gebaartje.
'Ik heb om tien uur niet naar het nieuws gekeken. Ik keek op het andere net naar de Evangelische Omroep. Daar was een dominee...'
De Cock kneep zijn ogen even dicht. '...die jou stichtte en sterkte tegen de invloeden van een helse echtgenoot.'
Vledder lachte hartelijk. Hij nam een slok uit het glas dat De Cock

voor hem had ingeschonken. Toen hij het glas naast zich neerzette, versomberde zijn gezicht.
'Ik heb in de Kennemerduinen de ontknoping meegemaakt, maar ik begrijp er nog steeds niets van. Ik zie geen enkele samenhang.'
De Cock leunde achterover.
'Ik moet je eerlijk bekennen, dat ik aanvankelijk ook in het duister tastte. Het leek zo chaotisch... een spel zonder regels. Ik begreep, dat ik vooral niet op drift mocht raken. Daarom hield ik mij aan één ding vast... Marlies van Haesbergen sprak de waarheid... ze had een dode heer Vreedenbergh gezien.'
'Dat was voldoende?'
De Cock glimlachte.
'Zeker niet. Maar vanuit mijn stellingname doemde een belangrijke vraag op... waarom probeerde men zo hardnekkig een *dode* heer Vreedenbergh te laten *leven* op de Bahama's. Ik kreeg enige inzichten in het beantwoorden van die vraag, toen ik vernam dat Xaveria van Breevoorde zijn gehele vermogen erfde.'
'Dat volg ik niet.'
De Cock zuchtte diep.
'Bijna het gehele vermogen van de heer Vreedenbergh was geïnvesteerd in zijn eigen baggeronderneming. Wanneer de heer Vreedenbergh officieel zou komen te overlijden, dan diende de onderneming al dat geld liquide te maken en aan de erfgename... Xaveria van Breevoorde... uit te betalen.'
De blik van Vledder verhelderde.
'Zolang de heer Vreedenbergh niet officieel was gestorven, bleef zijn vermogen in de onderneming.'
De Cock boog zich naar voren.
'En wie had daar belang bij?'
'Van der Grauw en Middelkoop.'
'Precies.'
De jonge rechercheur beet peinzend op zijn onderlip.
'Ik ben er nog lang niet. Hoe... eh, hoe passen die gijzelingsplannen daarin?'
Voor hij antwoordde, pakte De Cock naast zich de fles heerlijke cognac Napoléon en schonk nog eens in.
'Onze levensloop,' begon hij docerend, 'wordt vaak beïnvloed door onberedeneerde gevoelens van sympathie en antipathie. Men kan in een lang, oplettend leven, nog zoveel mensenkennis op-

doen, toch blijven die gevoelens onberekenbaar. Hoe is het anders te verklaren, dat de heer Vreedenbergh gevoelens van sympathie koesterde voor Gerard van der Grauw? De heer Vreedenbergh ontmoette Van der Grauw ruim drie jaar geleden in een eersteklascoupé van de Lorelei-express, rijdende van Düsseldorf naar Amsterdam. Van der Grauw had toen al een paar veroordelingen terzake fraude en zwendel achter de rug. Waarom de heer Vreedenbergh na die korte ontmoeting besloot om Van der Grauw in zijn onderneming op te nemen, zal wel eeuwig een raadsel blijven. Misschien, dat de heer Vreedenbergh, die in Düsseldorf dagen van moeizame besprekingen achter de rug had, in de vlot babbelende Van der Grauw een ideale partner zag? We zullen het nooit weten. Van der Grauw ontdekte al gauw, dat de ruggegraat van de baggeronderneming werd gevormd door de kennis, het zakelijk inzicht en het aanzienlijke vermogen van de heer Vreedenbergh. En dat vermogen lokte. Om de heer Vreedenbergh te isoleren... de eerste actie van elke zwendelaar... bracht hij hem in contact met Xaveria van Breevoorde, een jonge vrouw, die hem bij vorige zwendelpraktijken vaak als hostess voor toekomstige slachtoffers terzijde had gestaan.

'Tijdens het ondergaan van een van zijn straffen had Van der Grauw in de Koepel in Haarlem Johan de Mindere leren kennen en waarderen. Van der Grauw zorgde ervoor, dat Vreedenbergh hem als butler aannam. Toen Vreedenbergh in Zuid-Ierland een landgoed kocht, wilde Van der Grauw ook daar een 'betrouwbaar' man. Johan de Mindere dacht aan zijn halfbroer Karel Koperman en zo werd Mooie Karel huisbewaarder op Thundering Heights.'

De Cock nam een flinke slok van zijn cognac. 'Tot zover alles duidelijk?'

Vledder knikte.

'Maar ik hoor nog steeds niets over plannen voor een gijzeling.'

De Cock schudde zijn hoofd. 'Nee, dat komt nog. De kaarten waren wel geschud. Van der Grauw had zijn net getrokken en bezon zich op middelen om de buit binnen te halen. Er gebeurde echter iets, waarop hij in het geheel niet had gerekend... de heer Vreedenbergh, een verstokte vrijgezel, die altijd een wat teruggetrokken leven had geleid, werd verliefd. Hij vond bij Xaveria van Breevoorde iets, dat hij nog niet kende... oprechte genegenheid, geborgenheid, toewijding. Het overrompelde hem. Hij nam con-

tact op met notaris Van Suchtelen, liet wat informaties inwinnen... een onbenullig rapport over een oppervlakkig onderzoek van een particulier detective... en maakte een testament.
'Toen Van der Grauw het hoorde, was hij woedend. Hij nam contact op met Xaveria van Breevoorde, maar die gaf hem duidelijk te verstaan, dat ze niets met hem te maken had en dat hij bij een eventueel overlijden van de heer Vreedenbergh... een mogelijkheid die Van der Grauw overwoog... niets van haar te verwachten had. Ze dreigde zelfs; als Van der Grauw haar lastig viel, zou ze Vreedenbergh over zijn verleden en zijn plannen inlichten.'
Vledder grinnikte.
'Lekkere tante.'
De Cock negeerde de opmerking.
'Van der Grauw besprak de veranderde situatie met Johan de Mindere en die kwam met een genieus plan.'
'Een gijzeling.'
De Cock knikte.
'Geen echte serieuze gijzeling, maar een doorgestoken kaart. Om Johan de Mindere van verdenkingen te vrijwaren, zou hij samen met de heer Vreedenbergh worden overmeesterd en gegijzeld. Er zou een kolossaal bedrag aan losgeld worden gevraagd. Over de uitbetaling zouden dan de directeuren van de onderneming, Van der Grauw en Middelkoop, moeten beslissen. Van der Grauw had Middelkoop op een paar onregelmatigheden betrapt en had hem volkomen in zijn ban. Dat betekende, dat tot uitbetaling van het losgeld zou worden besloten en op die wijze vloeide het vermogen uit de onderneming in de zakken van het edele duo Van der Grauw-Johan de Mindere.'
'En stond Xaveria van Breevoorde buitenspel.'
'Inderdaad. Voor de uitvoering liet Johan de Mindere zijn halfbroer uit Zuid-Ierland terugkomen. Zo kwamen overeen, dat de schuilplaats mobiel moest zijn en besloten tot een vertimmerde schuit. Toen een 'betrouwbare' timmerman ter sprake kwam, dacht Mooie Karel aan Zwarte Archie, de zoon van Dikke Nel.'
Vledder gniffelde.
'Het sluit als een bus.'
De Cock grijnsde.
'Toen kreeg Van der Grauw in deze affaire zijn tweede tegenslag te incasseren. Kort voordat de gijzeling zou worden uitgevoerd, tij-

dens een normale zakelijke bespreking tussen Vreedenbergh, Van der Grauw en Middelkoop... een bespreking die kort na kantoortijd werd gehouden... kreeg Vreedenbergh plotseling een hartaanval en stierf. De in de haast ontboden Dr. Haanstra kon niets anders doen, dan de dood constateren.'
Vledder greep naar zijn hoofd.
'Alles voor niets... het geld ging naar Xaveria.'
De Cock leunde achterover. Het verhaal had hem vermoeid. Het duurde enige tijd voor hij verderging.
'De misdadige hersenen van Van der Grauw draaiden op volle toeren en toen kwam hij tot... wat ik zou noemen... een variant op moord.'
Vledder trok denkrimpels in zijn voorhoofd.
'Een variant?'
De Cock knikte nadrukkelijk.
'Bij moord is het gebruikelijk dat men iemand doodt, iemand die men niet langer wil laten leven... Van der Grauw wilde iemand laten leven, die al dood was.'
'Een vrijwel oncontroleerbaar verblijf op de Bahama's.'
De Cock zuchtte diep. 'Hij wilde zich het fortuin niet laten ontglippen en nam onmiddellijk maatregelen. Dr. Haanstra drukte hij op het hart, dat hij nooit een dode heer Vreedenbergh had gezien. Hij stuurde de heer Middelkoop naar George Town... met hem voerde jij later een gesprek... en belde Johan de Mindere, dat hij er voor moest zorgen dat het lijk van Vreedenbergh voor eeuwig van de aardbodem verdween.' De grijze speurder schudde zijn hoofd. 'Johan de Mindere voelde echter niets voor dat karweitje en schakelde zijn halfbroer in.'
'En die nam Zwarte Archie in de arm.'
De Cock maakte een grimas.
'De rest weet je. Mooie Karel liquideerde Zwarte Archie als een lastige getuige... het is misschien een daad van gerechtigheid, dat hij later in de duinen hetzelfde lot onderging... Marlies van Haesbergen vond de dood omdat ze, kort voor dat het lijk werd weggehaald, een dode heer Vreedenbergh had gezien. Dr. Haanstra tekende zijn vonnis, toen hij na mijn bezoek aan hem te kennen gaf, dat zijn geweten hem niet toeliet om het overlijden van de heer Vreedenbergh langer te verzwijgen.'
Vledder keek De Cock bewonderend aan. 'De zaak is rond.' De

Cock schonk hem een moede glimlach. 'Vanmorgen om negen uur stond ik met Fred Prins voor het kantoor van de baggeronderneming aan de Keizersgracht.'

'En arresteerde Van der Grauw en Middelkoop.'

De Cock knikte.

'In de Warmoesstraat confronteerde ik Van der Grauw met Johan de Mindere. Daarna bracht ik hem op de hoogte van de feiten, zover die mij bekend waren. Het duurde misschien een halfuurtje... toen legde hij een volledige bekentenis af.'

Vledder wiegde met zijn hoofd.

'Al met al toch een mooie zaak.'

De Cock pakte zijn glas.

'Van één ding was ik al gauw overtuigd... wilde ik hem tot klaarheid brengen, dan moest ik een dode heer Vreedenbergh vinden.' Hij lachte bevrijd. De moeheid viel van hem af. 'Ik moet je zeggen, dat ik in mijn leven nog nooit zo intens naar een lijk heb verlangd.'

De volgende boeken van Baantjer zijn bij de Fontein verschenen:

1 1963 De Cock en een strop voor Bobby
2 1965 De Cock en de wurger op zondag
3 1965 De Cock en het lijk in de kerstnacht
4 1967 De Cock en de moord op Anna Bentveld
5 1967 De Cock en het sombere naakt
6 1968 De Cock en de dode harlekijn
7 1969 De Cock en de treurende kater
8 1970 De Cock en de ontgoochelde dode
9 1971 De Cock en de zorgvuldige moordenaar
10 1972 De Cock en de romance in moord
11 1972 De Cock en de stervende wandelaar
12 1973 De Cock en het lijk aan de kerkmuur
13 1974 De Cock en de dansende dood
14 1978 De Cock en de naakte juffer
15 1979 De Cock en de broeders van de zachte dood
16 1980 De Cock en het dodelijk akkoord
17 1981 De Cock en de moord in seance
18 1982 De Cock en de moord in extase
19 1982 De Cock en de smekende dood
20 1983 De Cock en de ganzen van de dood
21 1983 De Cock en de moord op melodie
22 1984 De Cock en de dood van een clown
23 1984 De Cock en een variant op moord
24 1985 De Cock en moord op termijn
25 1985 De Cock en moord op de Bloedberg
26 1986 De Cock en de dode minnaars
27 1987 De Cock en het masker van de dood
28 1987 De Cock en het lijk op retour
29 1988 De Cock en moord in brons
30 1988 De Cock en een dodelijke dreiging
31 1989 De Cock en moord eerste klasse
32 1989 De Cock en de bloedwraak
33 1990 De Cock en moord à la carte
34 1990 De Cock en moord in beeld
35 1991 De Cock en danse macabre
36 1992 De Cock en een duivels komplot
37 1992 De Cock en de ontluisterende dood
38 1992 De Cock en het duel in de nacht
39 1993 De Cock en de dood van een profeet
40 1993 De Cock en kogels voor een bruid
41 1994 De Cock en de dode meesters
42 1994 De Cock en de sluimerende dood
43 1995 De Cock en 't wassend kwaad
44 1995 De Cock en het roodzijden nachthemd
45 1996 De Cock en moord bij maanlicht
46 1996 De Cock en de geur van rottend hout
47 1997 De Cock en een dodelijk rendez-vous
48 1997 De Cock en tranen aan de Leie
49 1998 De Cock en het lijk op drift
50 1998 De Cock en de onsterfelijke dood
51 1999 De Cock en de dood in antiek

Andere titels van Baantjer:
De dertien katten
Misdaad in het verleden
Een Amsterdamse rechercheur
Rechercheur Baantjer van bureau Warmoesstraat vertelt, deel 1 t/m 10

Verkrijgbaar bij de boekhandel